冰雪之旅

大 兴 安 岭 纪 行

王昕朋

WANGXINPENG

著

中国言实出版社

图书在版编目（CIP）数据

冰雪之旅：大兴安岭纪行 / 王昕朋著 . -- 北京：中国言实出版社，2021.1

ISBN 978-7-5171-3595-1

Ⅰ.①冰… Ⅱ.①王… Ⅲ.①散文集 - 中国 - 当代 Ⅳ.① I267

中国版本图书馆 CIP 数据核字（2020）第 218944 号

出 版 人　王昕朋
责任编辑　史会美
责任校对　王建玲

出版发行　**中国言实出版社**
　　　　　地　　址：北京市朝阳区北苑路 180 号加利大厦 5 号楼 105 室
　　　　　邮　　编：100101
　　　　　编辑部：北京市海淀区花园路 6 号院 B 座 6 层
　　　　　邮　　编：100088
　　　　　电　　话：64924853（总编室）　64924716（发行部）
　　　　　网　　址：www.zgyscbs.cn
　　　　　E-mail：zgyscbs@263.net
经　　销　新华书店
印　　刷　徐州绪权印刷有限公司
版　　次　2021 年 1 月第 1 版　2021 年 1 月第 1 次印刷
规　　格　880 毫米 ×1230 毫米　1/32　9.75 印张
字　　数　184 千字
定　　价　62.00 元　　ISBN 978-7-5171-3595-1

目　录

加格达奇印象

"高高的兴安岭，一片大森林，森林里住着勇敢的鄂伦春……"这是我童年时候学会的一首歌。它优美的旋律，极富魅力的歌词，尤其是那引人入胜、浮想联翩的歌中展现的神奇情景，常常呼唤着我对巍巍大兴安岭的向往。前不久，我终于了却了这一心愿——走上了被誉为"金鸡冠上的绿宝石""祖国的绿色宝库"的大兴安岭。

清晨6点，我乘车抵达大兴安岭的加格达奇。在铺天盖地的皑皑冰雪辉映下，加格达奇天地浑然一体，像一块玉石般晶莹剔透。远处的地平线上，鱼肚白的光线不断地汇集，越来越密，越来越亮，好像有什么东西在天地交接处孕育，不久就要迸发而出。极目远眺，我完全被它磅礴的气势震撼了。到处是山、是雪、是树，雪绕着树，雪卷着山，山连着天，雪山连绵，起伏跌宕，一望无际。尤其值得称道的是清新纯净的空气，让人觉得把它吸进去，再呼出来，仿佛就是一种奢侈，一种贪婪。

过了一会儿，远处的地平线上，鱼肚白的光线渐渐地被涂上了色彩，那色彩金光灿烂，晃得人有些睁不开眼睛。我不得不眨一下眼，以适应这些刺眼的光线。然而，不过就是这短短的眨眼工夫，天空已经变得五彩缤纷，艳丽夺目，此刻是一片殷红，美丽雍容。在这片红色中，有一处越来越深也越来越亮，仿佛在那里有什么不一样的东西，正在努力地蓄势待发。果然，当那里的光芒嫣红到无法以目触之的时候，一轮红日终于从地平线上飞腾而出，金红色的光芒陡然高涨，燃红半边天幕。加格达奇原本的白色外衣上此刻有红色的光色变幻，流光溢彩处，灿若明霞，气象万千。此时的加格达奇是真正苏醒过来了，车辆川流而过，上班的上学的人在街道上往来，卖早点卖报纸的

小贩的叫卖声在清晨的空气中回荡，高亢而明亮。这个城市中的一切都是新鲜的，生机勃勃的，就像那刚刚升起的太阳一样，鼓荡着绵绵不绝的生命力。

大兴安岭位于中国最北部，是中国九大山系之一。大兴安岭地区南北长约 365 公里，东西长约 335 公里，总面积 8.35 万平方公里。地委、行署和林管局坐落在加格达奇。

加格达奇是一座古老的城市。加格达奇是鄂伦春语，其意为樟子松的故乡。在鄂伦春人心目中，樟子松是一种英雄树，抑或说是英雄的象征。高大挺拔的樟子松，在冰天雪地中巍然屹立，一身傲骨，大义凛然。考古工作者于 20 世纪 80 年代，在距加格达奇西约 40 公里的嘎仙高格德山洞内西侧的石壁上，发现了标准的魏书石刻文字。在对其进行了深入研究后，又有了更为惊人的发现，原来这是北魏太武帝拓跋焘派手下大臣李敞从都城平城（今山西大同）千里迢迢来大兴安岭祭祀其祖先的记录。由于地处大兴安岭山脉，四周群山连绵，森林环抱，所以又有"林城"之称。这座处于北国高寒地带的城市，一年中有长达 5 个月在冰雪覆盖下，称其为"冰城"也无可厚非。

清晨的阳光出现在加格达奇的时候，四周白雪覆盖的群山，城中白雪覆盖的房屋、街道，浑然一色，相互辉映，整个加格达奇金光灿烂，使这个冰雪中屹立的城市精神抖擞，充满了魅力。让人惊叹不已的是，临近中午的时候，突然又下起了雪。漫天白雪洋洋洒洒，飘然而落，又给加格达奇增添了几分壮丽。

　　稍事休息后，朋友开车带我在加格达奇城区转了一遍。玻璃窗仿佛录像机的镜头，随着车轮的转动，一幅幅景象摄入我的眼帘，印在我的心中。大街两旁的楼房造型各异，千姿百态，每一座楼房都有其鲜明的个性：有中国传统的琉璃砖瓦建筑，楼顶端龙飞凤舞，气势浩大；有古老的欧式建筑，开放型落地窗，宽敞明亮……城市的规划也很科学，楼房、街道、街道两旁的广场、园林，相互对称，风格别致，极具林区城市文化特色。不像有些城市，楼房很高大，广场很宽阔，但千篇一律，没有个性。

　　加格达奇的市场很繁华。国际上和国内各种名牌商品的广告，在这里也争先恐后地展示着骄傲，有名牌服装、名牌手表、名牌化妆品、名牌家用电器，还有一些名牌饭店的连锁店。一些大城市能看到的品牌，在这个城市也能看到。从这一点，就可以看出这座城市的购买力水平，同时，也可以看出这座城市居民的生活富裕程度。

　　有句俗话说"不看吃的看穿的"。在人们的印象中，像加格达奇这样高寒城市的人，在冬季男人应当是皮衣皮裤皮帽子，女人应当是棉袄棉裤棉头巾，把自己裹得严严实实，只露着两只眼睛。可是，我看到的完全是另一幅景象。大街上来来往往的男人们、女人们穿着的衣服款式十分时尚，色彩多种多样，红的像一团火，绿的像一棵树，白的像一片云，花的像一簇花，把冰雪中的加格达奇装点得春天般旖旎，也让这座城市充满活力。

　　加格达奇同其他城市一样，近年来也建有宽广的文化广场，有一些气势磅礴的现代化建筑，如会议中心、艺术馆等，为这座城市增加了亮色和现代化气息。但是，最让我感到惊奇的不是这些建筑，而是这个城市的文明景象。

　　一个城市的交通，最能体现这个城市的管理水平和文明程度。有的城市可以说日新月异，每年都多了许多建筑，但是交通却越来越拥挤，越来越堵塞。一方面是车辆与日俱增，另一方面是人车争道。我们在加格达奇的城市里开车走了大半天，也没有遇见交通堵塞的情况。大街上行驶的车辆和行走的行人秩序井然。在一个个十字路口，红灯亮时，车辆规规矩矩地等候，没有在一些城市常见的那种几辆车，乃至十几辆车争相按喇叭催促，让人心烦的现象。车辆、行人也是严格遵章，不像一些城市中车辆、行人你争我抢，秩序混乱。要知道，这个时候的加格达奇还是冰天雪地。而且，还是飘雪的日子。

　　"平常的日子，加格达奇的交通是不是也是这样秩序井然？"我问陪同的朋友。

　　朋友说："一年到头都是如此。晴天如此，雨天如此，雪天也如此。已经习惯了。"

　　"已经习惯了"，听起来多么平常的一句话，但其蕴藏着丰富的内涵。所谓习惯，有好的习惯，也有不好的习惯。而不论好的、不好的习惯，都要经历一个漫长的形成过程。相比起来，不好的习惯改起来十分困难，而好的习惯，培养起来也并非易事。

君不见被人们冠之以"京骂"的习惯,尽管多年来再三提倡杜绝,依然是"江山易改,本性难移"嘛。如此看起来,加格达奇市民遵守交通的习惯也是"冰冻三尺,非一日之寒"。

加格达奇给我的另一印象是整齐、清洁。用洁白无瑕来形容,丝毫也不过分。走过一条又一条街道,不论是店铺拥挤的商业街,还是人潮涌动的农贸市场;不论是宽敞的大街,还是狭窄的胡同,看不到一些城市中常见的乱堆乱放、乱搭乱建,甚至看不见一件乱扔的东西。在经过一个商场门前时,我看见刚从商场走出来的一个中年妇女,手里拎着一只装着不知什么垃圾的白色塑料袋,走了大约20米远,扔到一只垃圾桶里。那位中年妇女的举动,让人深有感触。没有一个良好的文明环境,没有一个良好的文明意识,恐怕是难以做到这一点的。加格达奇城市是洁白的,加格达奇人的思想也是洁白的。

加格达奇满城冰雪。厚厚的冰雪都堆在街道两边,街道上看不到冰雪的痕迹。堆在街道两旁的冰雪,有的做成了神态百变的雪人,有的做成栩栩如生的冰雕,那些雪人和冰雕几乎一尘不染。这个城市的文明程度,这个城市市民的文明意识由此可见一斑。一个城市,只有人与自然的关系和谐了,才会有一个好的发展环境。

落雪的加格达奇,气温很低。但是,走在这座城市的街道上,你会感到春天般温暖。这温暖来自于街道上行人散发的气息。我们曾几次下车在街道上步行,遇到的人不论男女老少,都很礼貌，有的主动为我们让路，有的向我们微笑致意，而且笑得真诚，笑得亲切，笑得灿烂。

在整个加格达奇市区跑了大半天，也没看到一个警察的身影。难道这儿的警察都放假休息了？或者说这个城市就没有警察？我把心中的疑问告诉了朋友。朋友笑了，说："加格达奇乃至整个大兴安岭地区，社会治安在黑龙江省都是最好的，而且是黑龙江省的文明单位。在我们这里，可以说夜不闭户，路不拾遗。至于说警察，他们是最忙碌最辛苦的，这种时候，他们大都在冰天雪地的森林中，检查盗伐木材者，保护国家的森林资源。"

我默然。一个文明、和谐的社会，物质文明应当同政治文明、精神文明、社会文明、生态文明协调发展，共同进步。

其实，一个城市能让当地居民真正感到自豪和外来者感受深刻的，不仅仅是耸天的高楼、宽阔的广场，还有良好的社会治安环境、生活秩序和文明程度。比如一个穿着华丽外衣的人，可能给你的第一印象很悦目，但如果此人趾高气扬，出口脏话连篇，举止不讲文明，你会对他产生好感和留下美好印象吗？答案肯定是否定的。

雪落加格达奇

　　大兴安岭的天气就像小孩子的脸，说变就变。我早晨抵达大兴安岭的加格达奇的时候，正是曙光初露，绚美的朝霞笼罩着整个加格达奇，把冰雪覆盖下的加格达奇装点得五彩缤纷。我估摸着今天应该是个好天气。一上午，加格达奇都是晴空湛蓝，万里无云，阳光普照。可是中午过后，天地间突然云雾蒸腾，不一会儿，便有洁白的雪花飘飘洒洒地落了下来。

　　大兴安岭的雪是真正洁白无瑕的雪。雪花晶莹，雪片儿大，从天空飘落，又轻盈，又柔和，像是一个个小精灵，一路悠扬着、舞蹈着，在天空中展示着她们曼妙的身姿，雍容的美貌。落地的时候，雪花拥抱在一起，仿佛铺盖在地面上的雪毯。不像有些城市里的雪花，在空中经过污染后，沉重而又灰暗，落在地上如同雨点一样，摔得粉身碎骨。尤其是挂在树上的雪花，像

花朵一样笑逐颜开。也许是雪太白太纯洁，整个加格达奇一片银光闪烁。我站在北山宾馆的窗前，望着落雪的情景，心里有一股难以名状的冲动。朋友大概看出了我的心思，提出陪我到北山公园去赏雪。我欣然同意。

北山公园是加格达奇的一个景点。从北山宾馆去北山公园的路上，到处可见各种各样的雪塑和冰雕。它们或精妙绝伦，巧夺天工；或雄浑壮阔，气壮神州；或古拙质朴，韵味悠远；或稚拙可爱，神气活现。这些如同天然的冰雪艺术品，人见人爱。同行的一位朋友忍不住欣喜说："我真想把它们统统缩小带走，随时把玩。"大兴安岭人把他们生活中的喜怒哀乐，他们对过去的思慕对未来的憧憬，种种深沉而真挚的情感，都倾注到这些形态各异、意趣天成的冰雪雕塑中。他们给予冰雪以形态，赋予冰雪以神韵，而冰雪又给他们的生活增添了五光十色的色彩和情趣。在大兴安岭，雪和人，是无法全然划出界限的。对雪的热爱，对雪的情感，已经深深地融入大兴安岭人的血脉中，无法抹去。

落雪中的北山公园很美丽。满山松树在隆冬时节依旧枝叶舒展，翠意依然。洁白的雪地，灰绿色和红褐色的树干，苍碧的枝叶，交织成一幅泼墨写意山水画，肆意挥洒间，气韵流动，气象万千。

北山的树，特别挺拔，特别修长，特别坚毅。放眼望去，棵棵树木挺直身躯伫立在大兴安岭广漠的天幕下、黝黑的泥土上，黛色的树冠直指云霄，看去竟不像树，倒像一名名久经沙场的将士。他们在此冰天雪地中傲然挺立，傲视一切风霜雨雪，不惧任何艰难困苦，能忍耐所有寂寞苍凉。他们在冰天雪地的极北之地生根、发芽、抽枝、吐翠，用比其他地方的树木更长久的时间去存活去生长去成材。所有选择了在这里生长的树木，都需要有超乎寻常的生命力，以及无与伦比的坚忍和坚强，只有耐得住辛苦，耐得住寂寞，才能在这莽荒之地生存。所以，北山上的树，和一切大兴安岭冻土上生长的树一样，棵棵笔直，株株挺立，英姿凛凛，气宇轩昂，让人见了不由自主地景仰。站在北山上，抬头看看那些仿佛直插入长天的大树，敬慕之情油然而生。古人说，高山仰止，景行行止，今日一见，果不其然。

北山公园山顶正中，是铁道兵烈士陵墓所在。青山处处埋忠骨。中国人习惯把英雄的骨殖供养在青葱苍郁的山岭上，以苍松翠柏映衬他们的嶙峋风骨，用山水灵气抚慰他们的英灵。北山的树能够如此挺拔如此伟岸，许是多年亲近这般英灵，自然就耳濡目染，近朱者赤了吧。

我们的车缓缓驶向山顶，铁道兵烈士纪念碑的全貌在我的视野中逐渐清晰起来。两根钢轨巍然耸立在风雪中，刚直而壮烈，在四周苍莽的林海雪原的映衬下，更显高大巍峨。在这两根挺拔的钢轨之前，是一头奔走中的马鹿，身姿矫健，体态轻捷，昂首前行，顾盼神飞，动静之间尽显不惧风雪、一往无前的英雄气概。在雕塑背后是一片高3米、长10米的图文墙，上面浮

雕着当年8万雄兵挺进大兴安岭，在林海雪原高寒禁区抗击风雪，铺路架桥，为开发大兴安岭英勇奋战的感人事迹。

大兴安岭是一座绿色宝库。封建王朝曾想开发它的宝藏，沙俄侵略者企图抢占它的宝物，但都因气候严寒、交通不便而失败。新中国成立后，当地政府曾组织过两次开发，也没有成功。1964年，国家根据经济发展的需要，决定开发建设大兴安岭。当时的决策者们认识到，要开发建设大兴安岭，交通是关系成败最为关键的因素之一。没有通畅的交通，无法运送物资和材料，开发建设将难以为继。交通不畅，就是导致前两次对大兴安岭开发失败的最主要原因。因此，他们汲取了前两次的经验教训，把开山架桥、修路通车放在了首位。

党中央、国务院一声令下，8万铁道兵和铁道员工，率先开赴大兴安岭林海雪原，勇做开路先锋。官兵们顶着零下50多度的严寒，蹚着没腰深的大雪，在大兴安岭的崇山峻岭上，升起一顶顶绿色的帐篷，点燃了一堆堆希望的篝火。大兴安岭的当地人激动地看到，一个个生龙活虎的战士，不论刮风下雨，不论冰封雪飘，用他们的双手，用他们的铁臂，开道、伐木、放炮、建设房屋。他们给大兴安岭带来了新鲜的气息和希望，原始森林中几乎停滞的空气流动起来了，沉寂了多年的森林开始焕发出生机和活力。

由于大兴安岭大部分地区是属于"高寒禁区"的永冻土，给生产和建设都带来了严重的障碍。但是，有着钢铁般意志的铁道官兵们，以其热情和智慧，以其勇敢和坚强，一次次地探索和尝试，终于找到了在高寒地区施工的独特方法，一举打破了高寒禁区封锁，在永冻土上成功地完成了施工作业。这些热血男儿，英雄战士，用他们的血汗、他们的青春，在高高耸立、巍峨起伏的大兴安岭上铸就了不朽的传奇：修筑铁路 1000 多公里、架设桥梁 124 座、开通隧道 14 条。

100 多名年轻的忠魂，永久地留在大兴安岭上。他们没有留下多少豪言壮语，也谈不上有什么惊天动地的事迹。我们所知道的，所为之深深打动、深深敬佩的，只是少数被报道出来才得以流传下来的事迹。更多的他们的辛苦、他们的付出、他们的血汗，都被掩盖在厚厚的冰雪里，被长长的时间所淡化。他们不是一个个英雄的个体，而是一组群像，就像这北山上成片的树林一样，一棵棵一排排一片片，才蔚然成林。他们都是普通的平凡人，做着开山修路这些也算普通的事情。只是他们比其他任何人都要更坚忍、更刚强、更踏实、更英勇，所以才能受得了风雪的洗礼、扛得了高寒的侵袭、耐得住寂寞孤苦、忍得过艰辛磨折。

平凡的人，做着平凡的事情，却成就了不平凡甚至是伟大和传奇的事业，靠的，就是这样的坚忍和刚强。不怕苦不怕累甚至于不怕付出生命，永不放弃、永不认输，一直坚定地向着目标迈进，即使前途风雨交加崎岖难行，他们也昂首挺胸，决不后退。这是铁道兵的精神，是他们胜利的原因；这也是大兴安岭上树木的坚持，是它们存活的理由；这同样是大兴安岭人的传统，是他们开发建设大兴安岭的法宝，是他们描绘美好未来和建设新生活的保证。

如今，大兴安岭的崇山峻岭之上，江河湖泊之间，茂密森林之中，漫长的钢轨、宽广的公路，仿佛那些铁道兵英雄的身躯，永远支撑着那一片晴朗、那一方富饶。

从高高的北山上往下看，雪中的林城加格达奇，显得那么的宁静与安详。但是，你又能感觉到一些不属于宁静和安详的东西，同样在这缓缓飘落的雪中，在这不动声色的加格达奇里酝酿和激荡。那是大兴安岭人的精神，是他们求新求变求发展的热情和决心，是他们昂首阔步、排除万难、走向胜利的坚持、坚决和坚忍，这些已经牢牢地镌刻在他们的骨血里，将会一代代地流传下去。就像北山上那些在严寒中依然茁壮生长的树一样，把严寒的侵袭、风雪的洗礼写进一圈一圈的年轮，铭记在心头，保持着这些艰苦，不屈不挠地向上生长，长高长大，长成参天大树、长成栋梁之材，骄傲地站在大兴安岭的蓝天下、黑土上，根越扎越深，干越挺越直，叶越长越茂，色越来越绿，永远充满生机和活力，永远让人们景仰。

松岭的笑容

告别加格达奇，我们沿加格达奇至漠河的公路，向大兴安岭的林海深处进发。

这是一次难忘的冰雪之旅。我的眼睛仿佛是一架彩色摄像机，把一路所见，深深地印在了心底。

恰逢一个阳光灿烂的日子，大兴安岭更显得天高地阔。远远近近的山脉，披着皑皑白雪，在阳光的照射之下，雄奇而又豪迈；莽莽苍苍的森林，裹着层层白纱，轻风吹拂过后，神秘而又壮观。偶尔，有一只小动物从林中跳出来，在雪地上飞跑，一直到从视线里消失，或者有只雪橇从路边的雪地上跑过，进入森林之中。尽管只是偶尔之间，尽管只有偶尔一次，但毕竟是生命在跃动，是情感在流动。空旷、冷寂的林海雪原于是就有了活力。大凡置身于这种环境之中的人，不能不感到新鲜，不能不感到振奋。

　　车行第一站是松岭区。松岭的名字，让人感到极富诗情画意。松岭位于大兴安岭主脉伊勒呼里山的东南坡，嫩江上游左岸。东与呼玛、嫩江两县相望，南接加格达奇区，西部与内蒙古阿里河林业局毗连，北于伊勒呼里山顶与新林区分界。境内的多布库尔河、南翁河是嫩江的主要源流，还有砍都河、那都里河、古里河等嫩江支流。一进入松岭，可以看到纵横交错的河流，尽管上边覆盖着厚厚的白雪，依然给人一泻千里的气魄。松岭的森林十分浩瀚，十分壮观，从车窗向外望去，层层叠叠，浓浓密密，一望无际。阳光在树梢上流动，仿佛是一条悬在空中的银河。同行的大兴安岭的朋友告诉我，松岭地上资源主要是森林，其中大多是落叶松，还有樟子松、白桦、黑桦、山杨、柞树、山榆等。松岭从 20 世纪 60 年代开始，作为重要商品林开发建设，几十年来，松岭的木材源源不断地运出大森林，运出大兴安岭。在长城内外、大江南北的一些城市、国家一些重点工程，都有松岭的木材做栋梁。松岭林中野生动植物种类繁多，如驼鹿、棕熊、水獭等野兽，榛鸡、丹顶鹤等飞禽；植物群落中，有药用植物、野果等。地下蕴藏着煤、黄金、铅、锌等矿产资源，还有麦饭石、珍珠岩等。这些珍贵的宝藏，正在被勤劳的松岭人开掘。在松岭林区，除汉族外，还有满、蒙古、鄂伦春、达斡尔、鄂温克、回、朝鲜、锡伯、羌、俄罗斯等 10 个少数民族。毫不夸张地说，松岭是一个美满和睦的多民族大家庭。听

了朋友的介绍，我不由对大森林、对松岭充满了敬意。

据大兴安岭的朋友介绍，几千年前，在松岭区这片土地上就有中华民族先人的足迹。由于地处高寒，人烟渐渐稀少，后来，只有鄂温克、鄂伦春、蒙古等少数民族游猎。但是，松岭丰富的地上资源、地下矿藏，不断吸引着贪婪者的目光。到了近代，一些资本家和俄罗斯人冒险进入松岭，疯狂地乱砍盗伐。当地的鄂伦春族、鄂温克族、蒙古族人，挥起大刀长缨，与侵入者展开了一次又一次浴血奋战。日本帝国主义侵占东北后，加大了对松岭林区资源的破坏掠夺。为了保卫边疆，保护资源，活跃在松岭森林中的东北抗日联军三路军三支队曾神出鬼没、转战抗敌，给侵略者以沉重打击。如今，矗立在松岭区人民政府驻地小扬气火车站站前广场上的东北抗日联军三路军三支队烈士纪念碑，就是永远的历史丰碑。

新中国成立后，松岭这座绿色宝库被逐步打开。20 世纪 60 年代初期，牙克石林业管理局所属各林业局一大批工人和干部，及筹建新林、塔河两个公司的 2300 多名职工，怀着开发松岭、建设祖国的热情，集中到松岭林业公司古源林场，开始修筑运材公路的大会战。朋友告诉我，当年的会战异常艰苦，十分困难。但是，会战者满怀为新中国建设添砖加瓦的豪情壮志，不畏高寒，不怕流血，当年完成 60 公里的筑路任务。运材公路的建成，加速了松岭的开发建设。1967 年正式投入商品材生产。第一列运送木材的火车驶出松岭时，松岭一片欢腾。但是，随着生产能力的提高，木材产量逐年递增，森林面积却一天天减少，资源一天天萎缩，到了20世纪的90年代，陷入木材生产难以为继、经济社会步履维艰的困境。用朋友告诉我的话说，松岭一度几个月发不起工资，区政府和林业局大门前每天从早到晚围满了上访的群众。那一阵子，就没看见过松岭的领导人脸上有笑容。

"现在怎么样了？"我问。

朋友笑了笑说："到那里你就知道了。"

一进入松岭区政府所在地小扬气镇，我惊异地睁大了眼睛。城区里的大街宽阔而又整洁，沿大街两边，密密麻麻地排列着一个个商店、饭店，来来往往的人们川流不息，脸上洋溢着灿烂的笑容。中心广场上，有一座巨大的雕塑，造型夸张，气势磅礴，让人感觉到这座林城丰厚的文化底蕴和浓郁的现代气息。

松岭区的领导同志告诉我，近年来，他们带领全区干部群众认真贯彻党的解放思想、实事求是的思想路线，坚持以经济建设为中心，逐步从计划经济体制向市场经济体制转变。"天保工程"实施以后，松岭区会同省林业设计院等单位制定了《天然林资源保护工程实施方案》，编写《公益林建设整体设计说明书》。为了确保"天保工程"实施，他们加快了经济结构调整步伐，区域经济得到稳步发展，多业并举、多元发展、多点支撑的经济新格局初具规模。通过组建林场林产工业分公司，调整林木产品生产布局，林木产品生产率有了很大的提高，集装箱底板和细木工板两个新项目的开发生产，不仅弥补国内同行业生产的空白，而且壮大了林产工业整体实力。他们坚持以生态效益型农业为主，大力发展以马铃薯、油菜、大豆为主的特色作物。同时，按照小规模、大群体、高起点、流动发展的思路，推动种养业的稳步发展。林业局发放经济扶持周转金促进职工自营经济的快速发展。职工自营经济从业户数快速发展。初步建立以黄芪为主的药材种植基地，以养鹿为主的野生动物饲养基地，以蔬菜、薯类为主的农业生产基地，以木耳、猴头菇为主的食用菌基地，以煤炭、黄金为主的采掘业基地，确定白音河煤矿扩建、荣华木材综合加工厂建设、山特产品开发等转产项目，对森林进行休养生息，加快人工造林、人工促进更新，森林面积每年增加4.8%，森林覆盖率达到77.71%。通过调减木材产量和培育森林资源，全局活立木年生长量超过年消耗量。木材产量大幅调减，资源消耗大大减少，遏制了生态环境的恶化。通过森林管护、公益林建设等方式，安置分流人员，保持了社会稳定。

松岭的领导谈到这里，舒心地笑了。这是改革者在胜利成果面前的笑容，这是经历过漫长寒冬后的春天的笑容。

我对他们说的生态林区建设很感兴趣，于是问道："搞生态林区建设，职工拥护吗？"

他们很认真地回答说："生态林区建设是一项千秋大业！与森林打了几十年交道、生活在森林中的林区广大职工，对森林的感情是无法用笔墨、语言形容的。尽管木材限采对职工的收入会产生一时的影响，但是，通过发展替代产业，通过林产品深加工，通过调整区域经济布局，可以达到既保护生态，又提高职工收入水平的目的。广大职工对此热情十分高涨。没有广大职工的支持，'天保工程'的目标就不可能实现，松岭也不可能和大兴安岭其他林区一样，取得现在的成就。关键是人的思想观念有了很大转变。现在，全区职工对木材限采，对转岗、对再就业、对生态的认识，都有了较大改变。没有人的思想观念转变，就没有松岭的今天。"

告别松岭的领导出来，我的心情久久不能平静。是啊，没有观念上的创新，也没有今日的中国！

一路上，我看见松岭的山在笑，松岭的水在笑，松岭的人在笑。从松岭的笑容，我看见了整个前进着的中国在欢笑。

车过新林

　　在伊勒呼里山麓，浩瀚的林海托出一片原始气息与现代文明交融的神奇的土地——新林。

　　新林东邻十八站、韩家园林业局，南与松岭林业局毗邻，西与呼中林业局接壤，北与塔河林业局连成一片。新林同大兴安岭其他县区局一样，也是政企合一的管理体制。

　　新林区整个地形呈西南高、东北低。这种天然的地貌，赋予了新林一种雄浑豪迈的气势。一进入新林境内，沿途可以看到冰雪覆盖下的塔河、西里尼西河、干部河等纵横交错的大小河流，像一条条银色的绸缎，缠绕着苍茫的森林和充满活力的村镇、林场，给整个新林增添了几分祥和。一片片森林从我们的车窗前闪过，同行的朋友不住指点着，一一向我介绍，仿佛打开一本森林辞典，让我认识了兴安落叶松、樟子松、云杉、白桦、山杨、黑桦、柳树、杨树、柞树等生长在大兴安岭的、具有英雄本色的树木。

大兴安岭的朋友每回说到大森林，总是激动不已，总是喜形于色。他说，大森林是人类最丰富、最伟大的宝藏。而地处高寒地区的大兴安岭的大森林，千百年来就被人们誉为"绿色的宝库"。在新林境内茂密的森林中，就栖息着黑熊、狍子、鹿、雪兔、紫貂等29种野兽和飞龙、中华秋沙鸭、鸳鸯、金雕、松鸡等69种珍禽异鸟。大森林中生长的药用植物、食用植物更是数不胜数，比较珍贵的如野果、野菜以及油料、酿酒原料等。大森林的地下矿产资源更加丰富，已发现的有黄金、白银、铜、石灰石、高岭土、大理石。这些资源，有的已开发利用，有的还"待字闺中"。

"它们现在争先恐后地等待着人类开采，为人类做贡献。"朋友开玩笑似的说了一句。

"那么，新林是不是大兴安岭最先富起来的局呢？"我问。

朋友沉吟了片刻，回答说："这是大兴安岭最先开发的地方，也是负担比较重的局。"

中午时分，我们到达了新林。从暖融融的车上下来，我的眼前突然一亮，面前是一片开阔的广场，广场四周是一栋栋造型别致的建筑，建筑大多是暖色，与洁白的雪形成了相当大的差别，给人以生机盎然的感觉，加上四周的苍松翠柏衬映，使得这座位于深山老林中的小城年轻而又英俊。

新林人很热情。那是一种粗犷豪放的热情，那是一种真诚坦率的热情。他们就是用那种滚烫的热情，向我讲起了新林的历史。

新林是一片丰饶的土地，资源富有，水草丰美。但是，由于气候寒冷，荒凉偏僻，在新中国成立前，仅有鄂伦春等少数以游猎为生的民族在这里生活。新中国成立后的 1958 年，黑龙江省和内蒙古自治区政府对大兴安岭二次开发时，新林也被列入开发建设的行列，辖区内由南至北建立了塔源、西里尼、大乌苏、乌鲁克、富乐根、干部河 6 个筹备处。三年困难时期，开发中途下马。1965 年 3 月，国家第三次开发建设大兴安岭时，在新林组建了林业公司，新林的开发建设进入了一个新的阶段。一批批大中专毕业生，部队转业官兵，上海、浙江等地的知识青年，先后来到这片土地上，用青春活力，用满腔热情，用沸腾热血，开始了大开发，先后在莽莽林海建起塔源、前进、新林、大乌苏、碧洲、翠岗、塔尔根 7 个林场和与之配套的相应基础设施及机构。大兴安岭林区生产的第一列木材，就是从新林运出的。经过几十年的开发建设，新林已成为全国最大的森工企业。现在，全区设有 7 个镇，辖 17 个居民委员会。聚居着蒙古、回、汉、满、藏、苗、达斡尔、朝鲜、土家、哈尼、鄂伦春、鄂温克、锡伯等 13 个民族。

新林的朋友不无自豪地告诉我，在新林开发建设的创业史上，曾有过辉煌的一页。当年，以上海、浙江等地来的女知识青年为主体组建的"女子架桥连""女子采伐连",曾享誉海内外;塔源林场总结的采育用统筹作业法,为提高林业经济效益、社会效益、生态效益创出了新路,受到著名数学家华罗庚及当时林业部和黑龙江省委领导的高度赞扬;林业部、黑龙江省、大兴安岭地区曾多次授予新林林业建设先进单位、先进企业标兵等荣誉称号。1977 年,新林林业局还被国家命名为大庆式企业,是大兴安岭林区唯一获此殊荣的林业局。

正是因为开发建设比较早,森林资源也枯竭得早,加之人员多,包袱重,新林林业局一度陷入经济和社会发展的困境。有一个时期,职工的工资不能按时发放,人心不稳,社会不稳,经济社会发展举步维艰。那个时候,新林在外上学的学生不愿分配回新林工作,在新林工作的职工千方百计托人找关系办调动。

新林在思变,整个大兴安岭在思变。

进入 20 世纪 90 年代,新林人在大兴安岭地委、行署开展二次创业、加快林区发展的部署下,与时俱进,开拓创新,确立了"多业并举,多元发展,主体挺进,立体开发"的发展方向,全区广大干部职工,以饱满的热情,投入到"二次创业"中。在新林这片土地上,重现了当年大开发时万众一心、万马奔腾的局面。

1998 年,国家实施了"天然林保护工程",新林人紧紧抓住这一难得的历史机遇,从深化国企改革和经济体制改革入手,加大产业结构和产品结构调整力度，对国有企业实施抓大放小的战略性改组，取得了深化国企改革和经济体制改革的初步胜利；林产工业、多种经营、乡镇企业发展迅猛，刨花板、细木工板、胶合板、实木家具、地板块、卫生筷子、牙签、食品棒等产品十分畅销，特色绿色产品显示出了巨大的开发潜力。2002 年起，新林区精心实施和开展了大兴安岭地委、行署提出的四大工程（发展工程、形象工程、先锋工程和民心工程）和四大战役（企业改革攻坚战、结构调整升级战、森林资源保卫战等），抓住资源管理、改革、效益等关键环节，使全区的经济、社会继续得到稳步发展，人民收入得到稳步提高。

新林在变。如今的新林仿佛一幅令人陶醉的风景画卷。这里天蓝得高远，这里云白得柔软，这里山高得巍峨，这里水清得纯洁，这里林深得神奇。这里的城镇变美了，这里的道路变宽了，这里的房屋变新了，这里的人们生活也变甜美了。

新林苍茫的大森林，是天然的氧气库，在森林里旅行是一件十分快哉的事情。在森林中过上一两个小时，洗一场"林浴"，人就会感到神清气爽，朝气蓬勃。近年来，一些大城市为了适应人们对健康的需求，建起了"氧吧"，到"氧吧"吸氧的人络绎不绝。据说，专程到森林"氧吧"吸氧的游客也是与日俱增。森林还是变化莫测的大屏幕，一年四季色彩不同，给人的感受也不同。森林还是一本厚重的教科书，你必须细细品读，才能理解它。森林更是一个考场，对人的意志、人的毅力、人的心态、人的精神面貌，提出严峻的考题。当年，那些来自上海、浙江等地的风华正茂的女知青们，就通过森林严格的考试，一举在国内外闻名。而新林的河兰山里雾、卡马兰雾凇、富乐吊桥观日出，不仅能让人体会到大森林带来的独特景观而流连忘返，还能增加人对大自然乃至对生命的热情。近几年来，来新林旅游的国内外游人与日俱增。

　　几十年沧桑巨变，经受了严峻的考验，新林也发生了翻天覆地的变化。这颗耀眼的明珠，在高高的伊勒呼里山脉之巅焕发着迷人的光彩。

　　车过新林，我不仅带走了新林的发展历史，同时，也留下了我对新林的祝福。

　　祝福明日的新林更美好！

走过塔河

尽管在塔河停留的时间很短暂，但这座小城给我留下的深刻印象却无法抹去。

塔河位于大兴安岭伊勒呼里山北麓，是大兴安岭地区的一个县，也是一个林业局。这片山明水秀的土地，是大兴安岭上最早有人类生息繁衍的地方之一，千万年来一直升腾着人间烟火。前些年，考古工作者在这里发现过古人类的遗址。据大兴安岭史料记载，过去的塔河是被称为"山神"的鄂伦春人的栖息地。这里的很多东西，都跟鄂伦春族密切相关，就连"塔河"这个名字，也是从鄂伦春语中得来的。"塔哈尔河"，在鄂伦春语中的意思就是林木茂盛、水草丰美、塔松像塔头耸立。勇敢的鄂伦春人在这片土地上、在茂密的森林中纵横驰骋，捕鱼打猎，满山满岭打也打不尽。

　　明王朝时，在塔河设立了卫所。汉族和其他民族的人，陆续有来塔河聚居的。到了清朝初年，贪婪的沙俄疯狂入侵，骚扰北部边民，抢掠森林和黄金资源，既给塔河和周围边民们带来了深重的灾难，也让清政府坐立难安。康熙为了行兵运粮，抗击沙俄，调兵遣将，历经艰难，在大兴安岭上修筑了两条驿道。这两条驿道中的一条，横穿塔河境内，这无疑打开了塔河与外界联络沟通的渠道。从此，南来北往的车马，在塔河落脚；形形色色的人们，在塔河出入，塔河逐渐成为大兴安岭的一个对外的口岸。进进出出的人们，把外面世界的信息带进塔河，也把塔河丰富的物产和事物带到岭外更为宽广的世界。再后来，塔河的旅店多起来，商铺多起来，人也多了起来。从此以后，塔河一直是大兴安岭林区一个开放的窗口，一个打开的门户，一个交通中转的枢纽。这一点从康熙修筑驿道时起就不曾改变过。清朝后期重修黄金驿道，以至新中国成立后开发建设大兴安岭兴建交通，塔河都是大兴安岭交通网的一个重要环节。如今的塔河，铁路、公路、航路纵横交错，大量的物资和人员在这里中转，连接着广漠的大兴安岭和广阔的岭外世界。

　　塔河很美丽。即使在冰封雪飘的季节，她也是那么楚楚动人。长长的呼玛河绕城而过。站在河堤上，就像站在五彩缤纷的画廊前，满目都是风景。城内，一座座建筑上覆盖着冰雪，偶尔露出一片片绿墙红瓦，仿佛在雪中绽放的生命，显得生机蓬勃；一排排塔松白桦，像擎起的高大华盖，显得生机旺盛。城外，

冰雪下的河谷蜿蜒起伏，不时浮出高低错落的树丛和灌木。树丛慢慢延伸，直到与远山的丛林融成一片苍黛；不时有几只叫不上名字的小鸟从树丛中腾空飞起，直上蓝天。河畔有一座公园，小桥流水，曲径通幽，尽管是在隆冬时节，公园里仍有几个老人在锻炼身体。他们挥臂踢腿的姿势非常夸张，铿锵有力。城外那一片宽广、博大的森林公园，更是神秘而又庄严，极具雄性的魅力和生命的活力。高高的河堤，长长的呼玛河，亲切地环绕着小城塔河，如同母亲温柔的手臂安抚着子女，将塔河轻轻地护在自己的臂弯里，白日为她挡住风雪驱走严寒，夜晚低吟浅唱着伴她安眠。呼玛河，就是塔河的母亲河，一代代地养育着塔河人。那情那景，让人心中充满了温暖。

塔河的朋友自豪地告诉我：我们塔河很富饶。塔河有大森林，有呼玛河，而且地下埋藏着丰富的矿藏。已经查明的钛、铁等多种金属矿藏储量相当丰富，成色品位很高，极具开发前景，被大兴安岭地区列为下一步矿产开发的重点区域。塔河的大森林里，还盛产各种野生菌类植物和中草药，有着发展北药产业和绿色食品业的巨大潜力，现在塔河地区已经建立起了北药基地，专门从事天然中草药的培育和加工。塔河还拥有丰饶的水草，适合发展畜牧业，是大兴安岭地区发展养殖业的重点区域之一。塔河还是一个多民族的地方，尤其是鄂伦春民族在国内国际上都名气很大。神秘美丽的鄂伦春村落，粗犷豪放的鄂伦春情歌，魅力无穷的鄂伦春风俗，吸引着成千上万的游客前来。

现在，越来越多的国内外游客和投资者，把目光投向塔河。

车行在塔河的大街上，如同行走在画中。随着车的行走，映在车窗上的阳光不时变换着色彩。阳光下的白雪在融化，蒸发出一种乳白色的雾气，从地上向天空飘散，使整个天地之间一片朦胧。城中的楼房、街道、车辆、行人、松柏，一会儿近，一会儿远，如同一首意境深远的诗，让人不能不心动，不能不感动。塔河的朋友告诉我，看到今天美丽的塔河，很容易让人想起塔河的历史。塔河的历史，是一幅波澜起伏的画卷，其中有灿烂，也有阴云。明末清初的塔河人烟稀少，一片荒凉；清朝前期的塔河沙俄侵扰，战火频仍；清朝末年的塔河政局混乱，动荡不安；民国初年的塔河官匪当道，阴雾重重；抗日战争时期的塔河被日伪政权统治，人民痛苦不堪……深重的苦难和磨折，让塔河几乎喘不过气来。那时，塔河的富饶是一种灾难，塔河的美丽是一种痛苦。新中国成立后，在中国共产党的领导下，塔河走向了新生。20世纪60年代，在党和政府开发建设大兴安岭的号召下，数以万计的工人、知识青年、技术人员涌进塔河，进行了艰苦卓绝、轰轰烈烈的大开发和大建设。20多年的开发，让塔河换了新貌。正当塔河日新月异的时候，20世纪80年代一场突如其来的大火，给美丽的塔河带来了严重的创伤，加之多年过度开采，塔河面临严重的危机。

"那几年，塔河的日子过得很艰难。"朋友这样感叹。

"但是那已经成了过去！"我说。

塔河人开始了二次创业。他们一边实施"天然林保护工程"，一边开发新的产业，找到了新的方向，新的希望。塔河又比过去变得更加美丽，更加富饶。

"你再过几年来我们塔河，一定更会感到惊奇。"塔河的朋友自信地说。

我对此深信不疑。因为，塔河的历史告诉我要深信不疑，塔河的足迹告诉我要深信不疑，塔河的美丽告诉我要深信不疑。

塔河，就像大兴安岭的青松，久久矗立在我的记忆之中。

兴安第一街

如果不是从大兴安岭地委、行署所在地加格达奇出发，一路穿过茫茫林海雪原到达这里，我真不敢相信眼前这条大街是在大兴安岭深处的林城图强。

我们在离图强约 50 公里时，天已经黑下来。汽车沿着覆盖着厚实冰雪的道路行驶，两边是一望无际的森林，一望无际的雪原，几乎看不见一点灯火。雪是白的，林是黑的，黑白相间，让人觉得荒凉、粗犷、雄浑而又夸张。突然之间，远处有一条璀璨的银河出现，光芒映亮了半边天空，在茫茫雪原中格外引人注目。图强同行的朋友不无骄傲地告诉我，那一片灯火闪亮处就是图强。

汽车进入图强，首先驶入一条东西走向的大街。这条大街长约 1.6 公里，从图强城中穿过。街上辉煌的灯光，与两边的

白雪交相辉映，使得整条大街清洁而又明亮，宽阔而又宏伟。

大街两边的街灯颇具特色。一排是风帆灯，因其形状极像风帆而得名。这种灯，越朝远看，越会让人生出一些联想。两旁屋上屋下的皑皑白雪，仿佛一条银色的河流，而风帆灯就像银河上的风帆。任凭狂风吹，任凭雪花舞，风帆光彩依然。我想，设计安装这种风帆灯的人，是用了心计的。无形之中，人们会对这座小城产生一种敬意。

是啊，小城一年之中，有三分之一的时间冰封雪飘，气温常常达到零下30多度，最低时达零下50多度。在这种环境中生活和工作，没有坚强的毅力和勇气是不行的。一个人在其生命的航道上，只有高扬理想的风帆，经得起风吹雨打，才能够到达彼岸。我与一位大学毕业分配到图强工作的年轻人，曾就他的前途问题交谈过。我问他："在图强这样的高寒地区工作很苦。你有没有想过调到其他地方去？"他坚定地摇摇头，毫不犹豫地回答说："没有。图强这片土地已经养育了无数代人。就是从1964年大兴安岭开发建设到现在，也已经有几代人在图强这片土地上流血流汗。苦，是人生的一大财富。"想着这个年轻人的话，看着大街上的风帆灯，我突然明白，从某种程度上说，风帆灯就是生活在这里的人们的精神写照。

与风帆灯相对应的另一排形状像花的灯，既耐看又耐人寻味。灯光是橘黄色的，很像春天来临之际，那些含苞待放的花儿的嫩芽。它仿佛在昭示着人们，春天不再遥远。图强林区从 1964 年作为商品林开发，经过几十年的开采，加之 1987 年一场史无前例的森林大火洗劫，森林资源已濒临枯竭，生态环境严重恶化。由于过去单一木材生产，接续产业又很滞后，造成前几年经济效益下滑，职工收入下降，整个林区一片萧条。1998 年国家实施"天保工程"后，图强林区的木材产量又大幅减少。

面对这种状况，图强人没有怨天尤人，没有坐以待毙。他们发奋图强，开拓进取，加快企业改革步伐，大力发展高寒地区特色养殖和种植业，积极推进生态林区建设，并且走出国门，到一江之隔的俄罗斯进行森林资源合作开发。几年来，不仅林区的经济效益不断提高，职工的收入大幅增长，而且生态林区建设也取得了明显成效。林区处处一片繁荣富强的景象。那种象征着春意的花灯，展示着今日图强的变化，昭示着明日图强的前景。随着时代的发展，街灯的作用已经从单纯的照明，转变成照明和装饰等多功能兼备。灯光不仅是黑夜的眼睛，而且往往可以表现出一个城市的文化内涵和品位。

图强是个新兴的林城。1964 年国家开发建设大兴安岭时，图强只是一个林场。1977 年成立图强林业局。图强的朋友告诉我，图强城中的这条大街，几年前还不是这个模样。那时是条土路，晴天尘土飞扬，雨天泥水横流，到了冰天雪地的冬季，则成了地地道道的泥浆路。职工们形容说"晴天自行车驮人，雨天人驮自行车"。话语中充满了无奈和怨气。

国家实行"天保工程"后，图强人抢抓机遇，在促进企业改革不断深入、经济效益不断提高的同时，加快了林城建设的步伐。图强人认识到，要留住人，要干成事，要创大业，就得统筹发展。他们千方百计减少或者压缩其他开支，把有限的资金投入基础改造，为职工群众创造一个优良的工作和生活环境。于是，才有了图强这条流光溢彩的大街。

如今的这条图强大街，已成为图强文明的窗口，图强发展的象征，也成了图强人精神文化生活的寄托。春夏时节，街道两边绿树成荫，百花竞艳。早晨，街道两边舞秧歌的、练武术的、做体操的，给大街增添了勃勃生机。晚上，街道上更是人们的好去处，老人们在灯下或下棋打牌，或品茶聊天；年轻人在街边的文化广场，或谈情说爱，或看书学习；儿童们或跟着家长散步，或欢聚一起戏耍，整个大街就是一道亮丽的风景。那个时节，街道两旁的商店也都张灯结彩，尤其是一些酒店商店常常是通宵营业。一条大街，变成了一个充满温暖的大家庭。到了严寒的冬季，这条大街两边的广场上，早晨也是人山人海，扭秧歌的大爷大娘腰中的红绸子，做早操的少男少女身上的各种色彩的羊毛衫，把大街装点得五彩缤纷，让整个大街热浪滚滚。

街道变宽了，变亮了，繁华接踵而来。福建、浙江、四川、北京、上海、大连、哈尔滨等地的商家纷纷前来投资，各种品牌也到这条大街上落户。四面八方的口音，四面八方的信息在这条大街上汇集。这条大街又成了信息的河流。据说，地委一位负责同志称这条大街为"兴安第一街"。

经不住诱惑，晚饭后，我又提出到大街上走一走。我发现，尽管气温很低，呵口气马上就能结成冰，但灯光下的图强大街上，行人依然很多。我留意观察了一下，那些行人有的是在观看大街两边的冰雕，有的是去串门或者回家。他们远远地就开始打招呼，互致问候。走近了，有的就站在街边唠上几句。尤其是那些看冰雕的人，先是分散，慢慢地越聚越多，后来结成了群。你一言我一语，对冰雕品头论足，不时发出一阵响亮的笑声，把一条大街上的寒冷都驱散了。可见这个小城里的人们关系融洽。真是小有小的特色。如果是在一些大中城市，走上几条大街，或者说走上一天半天的，也很难碰上个熟悉的人，更难以听到熟悉而又亲切的问候。

尽管是在冰天雪地的冬季，街面上却看不到雪，雪被堆到大街的两侧，并且做成了形形色色的造型，有和蔼可亲的圣诞老人，有活泼顽皮的少年儿童，有雄风万里的下山猛虎，有温柔可爱的小猴，有图强名胜景区……那些雪人和冰雕，构成了这条大街上一道文化风光。如果把这条大街说成冰雪艺术街，丝毫也不夸张。

晚上，我久久不能入睡。我试图从图强这条"兴安第一街"得到一点启示。终于，我明白了，图强人不仅让这条街方便人们行走，而且赋予了这条街人性化的魅力、人格的力量。这才是城市建设的主题，这才是经济和社会发展的方向。

冬天里的春天

在千里冰封的大兴安岭林区，哪怕是一片绿叶、一束红花，都会让人激动不已，兴奋异常。因此，当我踏进图强林业局高寒地区特种皮毛动物养殖场，看到养殖场里一片片生机勃勃，热气沸腾的景象时，我几乎怀疑自己已经走出了大兴安岭。

图强林业局坐落在大兴安岭北麓的漠河境内，隔黑龙江与俄罗斯相望。这里的冬季寒冷而漫长，通常在 5 个月以上，最长的时候达到 6 个月，而且非常寒冷，气温最低的时候，达零下 50 多度，部分地区甚至属于被称为"高寒禁区"的永冻层，生产生活条件非常恶劣。

图强林区的开发建设始于大兴安岭全面开发建设的 20 世纪 60 年代。1970 年以公社形式设在阿木尔区辖之下。1977 年，图强从阿木尔区林业局分出，单独设区建局，到 1981 年设漠河县时，图强区撤销划归漠河县，图强林业局成为独立的一个林业局。到 1986 年，图强已成为拥有 10 个林场、2 个贮木场、2 个木材加工厂、苗圃、筑路工程处、房建工程处、机修厂，各项设施综合配套的大型林业企业，发展势头良好。然而，1987 年，震惊中外的"5·6"特大森林火灾，给正在蓬勃发展、信心十足的图强林业局和图强人一个近乎毁灭性的打击。火灾使整个林业局局址和五个林场变为一片废墟，被烧死的林木高达 917 万立方米，占图强林木总蓄积量的 26％，图强的森林覆盖率一下子从 97％下降到 43.8％，房屋、设备和物资损失高达 1.4 亿多元，近 2 万人因此无家可归。火灾过后的图强，到处是一片片被火烧过的黑地，倾颓的房屋，焦炭般的枝干，满目疮痍，惨不忍睹。然而，面对这一切，图强人并没有灰心丧气。他们拿出当年前辈们抗风雪斗严寒、战胜高寒禁区、扎根开发大兴安岭的精神，在大火肆虐过后的焦土上开始了艰苦卓绝的二次创业。他们一方面积极地植树造林，重建被毁坏的生态系统；另一方面，开始进行产业结构调整，寻求并发展替代经济和接续产业。从 1987 年至 1989 年，图强人已经累计造林 93720 亩，超额完成第一期造林任务，并因此受到林业部表彰。从 1993 年开始，图强人调整产业结构，发展多元经济的努力也开始初露端倪。在"依托资源、面向市场、以木为主、立体开发、多元发展"思路的指引下，图强人相继发展了十几个替代产业项目。其中，最为成功的，莫过于利用大兴安岭特有的气候条件和自然资源，开发建设的珍稀动物养殖业。

我们去参观图强珍稀皮毛动物养殖场那天，正遇上下雪。天气非常冷，有零下40多度的样子。从车上下来，刺骨的寒风夹着雪花扑面打来，丝丝寒意从骨头里渗进去，让人忍不住打寒战。然而，一进入养殖场，寒意一下子烟消云散。那幅绿色的巨大的养殖场示意图，昭示人们仿佛就要进入春天的世界。

东北盛产珍稀毛皮动物，这是众所周知的。"东北有三宝，人参、貂皮、乌拉草"的民谚，流传已久。所以听说图强现在正在发展珍稀毛皮动物养殖的消息时，我并没有感到惊奇，反倒是觉得理所当然。如此优厚的天然资源，当然应该善加利用，将之发展壮大，成为一项新兴产业，不但有利于图强经济发展，而且对整个大兴安岭地区的可持续发展都具有重要的示范、引导作用。如若弃之不用，不仅是浪费，更是一种缺乏远见的愚蠢行为。但是在我来养殖场的路上，又反倒对此怀疑起来了。即使是貂之类东北土生土长的动物，也不能改变其动物的生理特性。既然是哺乳类的恒温动物，那么就只能在一定的温度条件下生存。在图强如此高寒的条件下开展大规模的养殖活动，其成功的可能性究竟有多大，养殖的效果究竟如何，这些都成为我心中的问号。

跟随着养殖场的工作人员，我们一路踩着积雪走进院门。大大的院落里分散着一个个木质的棚子，仿佛一条长廊。棚架上披挂着的枝条枝叶尽管已经干枯，但可以想象春天时必然充满盎然生机。棚子里空间很高，摆放着两层笼子，笼子里垫着厚厚的草。但是笼子是空的，里面没有任何东西。摆这么多空笼子在这里做什么，我很是疑惑。也许是看出了我的疑问，陪同我们参观的养殖场工作人员笑着向我介绍，春夏气温比较合适的时候，养殖场饲养的皮毛动物是养在这些棚子里的，为的是通风比较方便，不容易因为空气原因引发传染病。而现在，由于气温过低，为了保护动物，就将它们迁到室内饲养。等到了春天还会再把它们迁出来，所以笼子依然保留着没有撤掉。赶上繁殖的时候，这几排棚子上上下下都会被养这些小东西的笼子挤满，成天光是帮它们清理笼子就能让人手忙脚乱的。不过，现在来也不错，这时候是动物毛皮质量最佳的时候，手感特别好。

说话间，工作人员带领我们走进温室。推开门，一股温热的空气迎面而来，暖意融融，屋里屋外简直两个世界。屋子里也摆满了棚子，棚子上又整齐地安放着铁丝编织成的笼子。笼子里面养着的貂和獭兔，都是这里的特产，也都是非常珍贵的经济用皮毛动物。灰黑色的貂，雪白的獭兔，小小的，毛茸茸的，好几只一起挤在一个笼子里，看起来很是可爱。工作人员从笼子里抱出一只獭兔来，托在掌上给我们看。这种兔子是大兴安岭的特产，比一般兔子小许多，雪白的皮毛又软又厚实，顺滑得很，似乎还隐隐泛着油光，实在是难得的好皮毛。这些小家伙们在温暖如春的房间里"茁壮成长",等到 6 月左右就能够出场外销了。

据工作人员介绍,这个养殖场每年能够对外提供 6000 多只貂和近万只獭兔,但仍然是供不应求,绝对算得上"生意兴隆""红红火火"。海外的订单络绎不绝。图强人尝到了生态产业的甜头,正计划着把养殖产业做大做强,做出品牌。同时,他们还看准了林产工业,利用林区天然资源开展林材深加工,新上了 3 万立方米的华夫板项目,得到了地区的大力支持,发展势头非常看好。现在,这两个项目已经成为大兴安岭地区经济转型,实施多元化经营的重点、旗标工程,得到各级政府的重视和支持。图强林业局已逐步走上由资源型林区向生态型林区转型的道路,并且在这条路上高歌猛进,路越走越宽,步子越迈越大。同时,这两个项目所带来的经济效益和社会效益也触动了别的林场,在他们的示范和鼓舞下,许多林场纷纷利用地区和资源优势,开发新的生态产业。相信过不了多久,就会有一批像养殖场这样的新型生态型企业,如雨后春笋般在大兴安岭大地上茁壮成长。那时候的大兴安岭,一定会是一片欣欣向荣、春意盎然的美好景象。

从温暖的养殖房里出来,外面仍然是风雪交加的寒冷天气,不过却不觉得有来时那么冷了。大家边走边聊,谈起图强的未来,都是信心十足,憧憬万分。我左右顾盼,发现每个人都喜上眉梢,如沐春风,简直像是有团火,有股子劲,从心底往上冒。我想起英国著名诗人雪莱那著名的诗句来，"如果冬天来了，春天还会远吗"，可是我觉得要形容图强的现状，这句诗还不是最贴切的。现在的图强，虽然是冬天，可是我们每个人却分明感受到了春天的气息，那是温暖，是活力，是希望。

季节的春天带给人的是温暖，但真正的春天是在人的心里，因为心灵的春天带给人的是希望。

乌苏里人家

说起乌苏里，最容易让人想起的是那首传唱多年、经久不衰的《乌苏里船歌》。那是一首描写赫哲族人民生活的歌曲。因为曲调优美，朗朗上口，一直为广大听众欣赏，知名度也就颇高。对于很多没有亲身到过乌苏里的人来说，遥远的北国，奔腾的乌苏里江，神秘的赫哲族人，动人心弦的船歌，具有一种强大的诱惑力。正因为此，朋友要带我去乌苏里，我当即应允。

汽车从大兴安岭北部的图强出发，一直向北，在林海雪原里行驶了近四个小时，驶出了茫茫森林，到达了一条冰雪覆盖的江边。然后，汽车径直开到了江上。朋友告诉我，我们的车轮现在是在黑龙江的江面上行驶，而且已经到了祖国的最北端。我们车轮下的江面的中心，就是中俄的国界。

"不是说去乌苏里吗？怎么到黑龙江来了？"我有些诧异。

朋友笑了："是去乌苏里。但不是乌苏里江。"

这时，车已停在冰冻的江上。朋友带头下了车。我们的四周，到处是山，是森林，是冰雪，让人感到天高江阔，大气磅礴。突然，江岸边一缕炊烟引起了我的注意。接着的一声狗叫，也引起了我的兴趣。因为，在这冰天雪地、渺无人烟的地方，那一缕炊烟，那一声狗叫，无疑是生命的象征。

我们踏着厚实的白雪，向着炊烟飘起和狗叫的地方走去。首先映入眼帘的是一片樟子松林中的一个稍微隆起的土包，用木栅栏围起的小院。院子里的一棵樟子松树上，拴着一匹强壮的枣红马，停着一辆破旧的自行车。从江边到小院有一条小道，道上的冰雪早已清扫干净，露出黄褐色的地面，让人可以闻到泥土的气息。我没有想到这里会有人家，于是情不自禁地举目四望。眼前是冰封千里的黑龙江，身后是起伏巍峨的大兴安岭，四周是苍苍茫茫的林海雪原，方圆几十里内，都不见人烟。用荒凉、冷酷形容这个地方，一点儿也不过分。若没有眼前这明显是人工造就的两排木栅栏、一条土路和枣红马为证，我简直无法相信真的有人居住在这"千山鸟飞绝，万径人踪灭"的荒野里。

朋友告诉我这个地方叫乌苏里。

那么，眼前这个小院是不是可以叫作乌苏里人家呢？我想。

汪汪的狗吠声打断了我的感叹。转过身去一看，栅栏里，一只黄狗正冲着我们一行人叫个不停。眼前这位，多半是这"乌苏里人家"的一位成员了吧。大概是从未见过如此多的陌生人来到自家门前，多少有些受到惊吓，还没等我们走近，它就远远地跑开了；在距我们20米开外的地方停下，目不转睛地注视着我们。

许是听到了狗的叫声，又或许是早已被我们的举动所惊扰，一个老人已经出得屋来，站在栅栏尽头迎接我们。老人70岁左右，身穿一件深蓝色的毛衣，红红的脸膛，有些轻微的谢顶，但腰板挺直，精神很是矍铄。老人与我的图强朋友很熟悉，见了面就拉着我那位朋友的手不放，两眼流露出惊喜和热情。这是对久别了的亲人才会有的那种感情。

老人将我们迎进屋，招待我们坐下。朋友与老人拉起了家常。我却在屋里左右环顾，打量起中国最北的这户人家来。

　　说这是一间屋子，其实并不准确。老人的这个居所低于地表，实际是建在一个地沟里的。这条地沟，可能是从森林中流出的水冲刷而成的，大约3米宽。老人因地制宜，就势借了沟体做墙，在沟顶上搭上一层用木板做成的顶盖，沟的出口处用木头围出一扇门，再搭上一块帘子，这就是一间"屋"，或者说是一个家。屋里没有任何家具，更不用说家电了。一张土炕，一个炉子，还有一些简单的生活用品，构成了这个中国最北的一家。

　　从交谈中得知，老人在这里已经居住了13年。一个人居住的日子长了，心里多多少少也觉得寂寞，于是老人养了一条狗给自己做伴。春夏之交，门口的黑龙江解冻，正是鱼汛的高峰期。老人就每天带着自己的小狗，去江边打鱼。老人在那儿下网等鱼，小狗就在周围跑跑跳跳，但每过一个或半个钟头它总会跑回来陪老人坐会儿。夏天的夜晚，老人常常在江边席地而坐，默默地看着月亮在江面上浮动，静静地听着江水歌唱。老人打到的鱼，一部分自己吃用，一部分晒成鱼干挂起来，以备冬季换些生活用品，剩下的就用来做"交换工具"。隔几天，老人会蹬着自行车，带着自己打的鱼，到30多里外的镇子上去换购生活用品。一来二去，那儿的人和老人也熟了，每次换给老人的东西总是又多又好，老人经常感到过意不去。到了冬天，路上积了冰雪，没有办法骑车，老人就带着自己晒的鱼干，步行30里地到小镇上去。有时候运气好，在路上会遇到驾着爬犁的人家，他们总会热心地捎老人一段路，把他送到小镇上去。这种时候，那条小黄狗也总是跑前跑后地跟着老人，俨然一位忠诚的卫士。

就这样一年年地过去了，门前的小树变粗了，小狗也长大了，老人仍然在宽阔的黑龙江边过着近乎一成不变的生活。唯一和以前不同的是，老人有了一个小型收音机。在这尚未通上电的地方，这是老人了解外界信息的唯一渠道了。老人很宝贝这台收音机，把它擦得铮亮，每天放在怀中。老人打鱼的时候，带上这台收音机，坐在江边，一边等鱼一边收听中央人民广播电台的节目。晚上，在江边散步的时候，在江边休息的时候，直到躺在炕上的时候，老人也是开着收音机收听节目。老人还特别跟我们提到，当年北京申奥成功的消息，他就是从广播里听到的，高兴得一宿没睡着。第二天一早他就蹬着自行车去了小镇，打算买上一挂鞭炮，回来痛痛快快地放一回，可惜没有买到。但是那天小镇上的居民个个都兴高采烈，喜上眉梢，他看了也高兴，没买上鞭炮的遗憾也就这么过去了。讲到这里的时候，老人又露出了满脸的笑容，憨憨的，却给人一种说不出的美感，让人一见即生欢喜。后来，中央人民广播电台的一位记者来这儿采访，回京后通过图强林业局负责同志，给老人寄来了一台新收音机。当老人接到那台收音机时，高兴得几天没合拢嘴。

开始，我以为老人是林区的工人，由林区安排住在这个地方的。一问才知老人是13年前从长春一个企业退休后，只身来到这里的。接着，我又想，老人一定是有着什么不得已的理由，才会只身来到这个偏僻而落后的荒地，过这样清苦单调的生活。

可是和老人一谈，我才知道我想错了。老人本是长春市人，膝下儿女们分别在吉林和内蒙古的大城市工作、生活。是什么原因让一个退了休的老人，拒绝儿女们的邀请，抛弃大城市的繁华，一个人来到黑龙江边乌苏里，过着近乎与世隔绝的隐居生活呢？

老人大概看出了我心中的疑问，笑了笑。我发现老人笑得很灿烂。就这一笑，向我说明了他对这种生活的满足和满意。

其实，后来我一直有点后悔，不该冒傻气似的问老人那些问题。我记得那天快要离开老人的住处时，我冒冒失失地问老人日子过到现在，有没有觉得后悔当初的决定，有没有觉得一个人的生活很寂寞，很难过。话一出口，我忐忑地注视着老人，有些担心他会生气。可是老人没有流露出丝毫不悦的神情，他只是很憨厚地笑了，然后竟然带着些歉意地对我说："这我说不好，就随便说两句吧。日子好不好过，看怎么说。要说吃的用的，是肯定比不上城里边。但是，要说活得自在，城里就比不上我这儿了。后不后悔嘛，还真没有想过。当时想来就来了，也没想太多。可能以后觉得可以离开了，我也就走了。也许永远不走了。反正我现在还想继续在这儿住下去。一个人想做点什么就能做到，这不是很好吗？"

"您想您的子女吗？"同行的一个朋友问。

老人沉吟片刻，说："哪有父母不想儿女的。实在想得不行的时候，我就去看看他们。"

"他们没劝您不要回来吗？"

"劝。可是，他们知道我喜欢一个人在这里生活。人，能过自己喜欢的生活，那是再好不过了。"老人说。

听了老人这一席话，我默然。这不是什么豪言壮语，既不是轰轰烈烈，也不能气壮山河，却比任何豪言壮语更来得深刻和犀利。他表现了老人对生活的清醒认识，对人生的深刻感悟。这样活着的人，活得踏踏实实，活得轻轻松松，活得明明白白，让人真正发自内心地肃然起敬。

告别了老人，踏上归途。汽车行驶出好远，我从后窗望出去的时候，还能隐约看见土包上老人和黄狗的身影，一直伫立在那里。静静地伫立着，仿佛刻成一道剪影，刻在这神州北极的冰雪山川上。

我想，这一幕场景，我一生都不会忘记。我会记得，有那么一位老人，带着那么憨厚那么朴实的笑容，带着他对生活、对人生的独到的理解，默默地生活在遥远的黑龙江边。

乌苏里，一个让人难忘的地方！

乌苏里人家，一个让人思考的地方！

乌苏里老人，一个思想者的形象！

出国门的汉子

这是一群出国门的汉子。他们头顶的蓝天是俄罗斯的蓝天，脚踏的土地是俄罗斯的土地，身后的森林是俄罗斯的森林。照片上的他们，深情地遥望着祖国，遥望着大兴安岭……这是我在图强林业局二十八站林场职工学习园地的橱窗里看到的一张照片。

那天，我们从黑龙江边的乌苏里回来，途经二十八站林场，在那里作了一次短暂的停留。

一进入二十八站林场办公楼，首先看到的是林场职工们自办的"学习园地"。明亮的玻璃橱窗里，张贴着林场职工们的作品，有诗词、杂文、散文，也有摄影、绘画。在一张 10 多个人合影的照片下边，一行小字引起了我的兴趣：向赴俄同志学习。一开始，这句话真是让我有点摸不着头脑的感觉。"赴俄同志"，

是林场选送赴俄罗斯学习考察的干部职工，还是林场赴俄罗斯旅游的游客？

等到看了几篇文章，我才认识了这帮"走出国门的汉子"。那真是一群让人不得不竖起拇指夸一声好的大兴安岭男儿，那真是让人忍不住想要去了解去亲近的血性汉子。

大兴安岭林区的大规模开发建设始于 1964 年。当时，国家根据经济建设的需要，把大兴安岭作为商业林区开发建设。几十年来，大兴安岭林区在为国家建设做出突出贡献的同时，森林资源也受到了很大破坏，又遇 1987 年"5·6"一场森林大火的浩劫，几近到了无林可采的地步，加之大兴安岭地理位置偏北，纬度高，气温低，常年积雪，树木成长速度缓慢，新种植的树苗要成长为可供采伐的林带，需要近百年的时间。为了大兴安岭地区森林资源的保护和可持续发展，为了东北、华北地区生态保护和粮食生产安全，1998 年，党中央、国务院审时度势，实施了"天然林保护工程"。这一工程的实施，使大兴安岭的木材产量大幅削减。过去，林木采伐一直是这里的主要产业，林场里大部分职工都从事采伐工作，有的老工人从 20 岁不到来到大兴安岭林区，干了一辈子的伐木工作。在冰封雪飘的林海雪原采伐木材，怀抱采伐工具，听着被砍伐的大树的呻吟，看着一棵棵大树轰然倒下，不仅是他们喜欢的职业，而且是他们的收入来源，同时又是他们的乐趣。因而，实施"天保工程"之前，大兴安岭林区的各级领导都颇为担心：从事了这么多年采伐工作的人，突然有一天告诉他们不能伐木了，他们能接受吗？尤其是木材生产直接关系到职工的收入，"限采"势必影响到他们的切身利益，他们能承受吗？"天保工程"能否顺利推行，在当时，这些都是未知数。没想到，一开始动员，全区各个县、区、局、近百个林场、几万名员工和家属，全都举手拥护。大兴安岭人的想法很朴素。他们常年与森林打交道，对森林的感情其实比任何人都深厚，对保护大森林的意义比任何人理解得都深刻，保护森林的意愿比任何人都要强烈。他们很直观地感受到了限制采伐，让森林得以休养生息的必要。因此，即使这样做会给他们的切实利益带来不小的影响，甚至是损失，他们仍然愿意无条件地执行这项政策。我在大兴安岭调研期间，只要提到"天然林保护工程"，无论干部职工，不分年老年少，几乎都能说出几条"天保工程"的好处来。

"天保工程"顺利地实施了，限采工作完成得非常好。唯一存在的问题就是，过去那些以采伐林木为生的人们，限采之后，无法继续从事采伐工作，有些人转了岗，也有一部分人下岗等待再就业。他们的收入、他们的利益、他们的家庭，都受到了不同程度的影响。即使他们从心里拥护"天保工程"，但在温饱受到影响之时，也许会再进深山，再去采伐，那样就会出现"越穷越砍"的现象，对"天保工程"形成严峻的挑战。大兴安岭的领导们深刻认识到了这一点，因此，他们一边加快推行"天保工程"的实施，一边大力开发接续产业，千方百计扩大再就业，一边鼓励下岗职工广开就业之路。那些放下伐木工具的大兴安岭汉子，开始寻找新的出路。他们擦亮眼睛，搜寻身边每一个机会，决不放过任何的可能性。他们惊喜地发现，原来自己脚下这片热土，自己身边的这个世界，有着这么多的可能性。他们感叹着天如此高，地如此广，未来是那么无限精彩。

于是，有人看中了大兴安岭丰富的物产，协力开发"具有山野特色"的生态产业，山珍食品、天然药材、珍贵皮毛动物和保健动物养殖，红红火火；有人注意到大兴安岭特有的北国风情和政府大力发展旅游业的好时机，搞起了特色旅游产业，开饭店，建旅馆，卖百货，格外兴旺；更有胆子大一些、思想活一些的人，把目光投向了隔着一条黑龙江的邻国俄罗斯异常丰富的森林资源。他们打点行装，跨出国门，开赴俄罗斯广漠的大森林，开创"跨国采伐"的新历程。

这样，才有了上文中提到的那批"走出国门的汉子"。他们跨过冰封的黑龙江，到俄罗斯的森林里继续从事林木采伐工作。相对于我国，俄罗斯幅员辽阔，人口稀少，森林资源极其丰富。走出国门，开发利用俄罗斯的森林资源，可谓是一个大胆的创举。而且，从这几年这些赴俄人员在俄罗斯的实际工作情况来看，这一尝试是成功的。这些干劲十足的大兴安岭人常常是赶在冬天到来时进入俄罗斯，然后花一个冬天的时间在俄罗斯茫茫原始森林展开采伐工作，等到来年开春时，才带着用这个冬天采伐木材换来的大把钞票回家，与妻儿老小团聚。这样一来，

　　既保证了他们的收入，也保证了在执行"天保工程"，保护大兴安岭森林资源的同时，可以继续为国家提供木材资源。由此看来，这简直算得上是一举两得，全面双赢的完美"战略"。

　　这些有冲劲有魄力的东北汉子，多半都是些青年人或中年人。青年人中有的刚刚结婚。新婚燕尔，正是小两口最甜蜜最幸福的日子，丈夫却要离开家离开自己的妻子去异国他乡。中年人的担子更沉重。他们上有父母，下有妻儿。他们一去就是一个冬天。大兴安岭的冬天很长，差不多从头一年的11月持续到第二年4月初。这么长的日子里，一家人分隔两地，天各一方。每天晨昏时，身在俄罗斯的男人想起家乡想起自己的父母妻子，在家的人挂念孤身在外的儿子丈夫父亲，必定是辗转反侧不能安枕的。真是"三更同入梦，两地谁梦谁"，逢上过年过节的日子，思乡之情更是难耐。在男人们离家的前夕，每个人家都是依依不舍的惜别场景，可以让旁观者为之落泪。尤其是在他们打定主意去俄罗斯伐木的第一个年头，冬日黑龙江厚厚的坚冰都差点被送别的女人们滚滚热泪所融化。

　　在图强林场，关于这"千里送亲人"，还很有几段为人们津津乐道的小插曲，广为流传。那是林场职工们开始尝试到俄罗斯伐木的第二个年头。有一对小夫妻，在公司第一年组织赴俄罗斯采伐时，因为结婚不久，男的没有去。小伙子以前也是伐木工人，身高体壮，浑身似乎有使不完的劲儿，是林场里有名的伐木好手。林场限采以后，他也开始跟着大家一起找新路子。

公司组织头一年赴俄罗斯采伐，他没有跟着一起去。可是试着干了点别的活儿，总觉得干得不得劲，身上的劲儿没处使。自个儿寻摸着还是得干老本行——伐木。加上看到那些在俄罗斯采伐回来的人收入颇丰，小伙子下定了决心。回家后跟妻子一说，妻子也怦然心动。小两口一合计，觉得要干好了挺有戏的，就打定主意跟上大伙儿一起"出国淘金"去。到了临走的那一天，妻子亦步亦趋地一直把丈夫送到车前，拉着丈夫的手，一个劲地淌眼泪，也不说话，也不吵闹，但就是不肯撒手。毕竟要分别一个漫长的冬天。心里再怎么想说服自己，可临到头来还是放不下，恨不得就跟着一起过去。众人好说歹说说得她放了手，半拉半扶地带了她往回走。还没走出两步路，她突然一挣，挣脱两边扶着她的人就往车前头跑。眼看要到车前了，司机赶紧停车，做丈夫的赶紧下车来。那位平日里特怕众人拿他们小夫妻开玩笑的她，立马红了脸不说话。一个挺腼腆的小媳妇儿，朝着丈夫身上扑过去，张开双臂抱住，抱得死紧，半天不肯分开，而且旁若无人地在小伙子脸上狂亲。周围的人看着他们，没有一个人笑，倒是同来送行的女人，看哭了几个。剩下几个年轻的，看了这样，也顾不得什么害臊羞人了，一对对的也在车下面紧紧拥抱起来。一时间，有哭声，有骂声，还有拍打声。但是，哭的骂的打的，为的都是一个舍不得。有人说，东北女人重情感，这种场面表现得淋漓尽致。

　　可是舍不舍得，该做的还得做，该走的还得走。这个道理，男人们知道，女人们也知道。最后，男人们坐车离开了。女人们站在原地等着，看着，直到看到男人们的身影远了小了，看不见了，才互相扶持着回去。她们的男人走出国门了，她们也有自己的事情要做。搞养殖搞生产，决心不输给那些在遥远的异国辛勤劳作的男人们。她们还要照顾老人，教育孩子，操持家务，修饰自己，等来年春天男人回来能够给他们一个温暖舒适的家，让他们好好地休息好好地生活。

走出国门，开创另一份事业另一种兴旺的男人们真是了不起。他们有眼光有魄力有干劲，他们不怕苦不怕累，勇于进取敢于创新。在俄罗斯的漫长的冬天里，他们住在深山老林的帐篷里，工作在冰天雪地中，有时一两个月吃不上新鲜的蔬菜，一两个月吃不上一次肉食，生活条件极为艰苦。可是，他们用他们的意志，用他们的勇敢，用他们的勤劳，在俄罗斯的大森林中站住了脚，并且获得了成功。据图强的朋友介绍，几年下来，图强赴俄罗斯采伐的职工越来越多，在俄罗斯采伐的区域越来越大，与俄罗斯方合作的前景越来越广阔。而留在国内，守护着家园的女人们同样伟大。因为她们无声地支援无私地奉献，男人们才能踩出那方土撑起那片天。她们是远在异乡的男人们思念的源泉，是远在异乡男人们精神的支柱。

天高地大，气象万千，只要你能够"走出去"，外面的世界未必不精彩。

在林场做客

到大兴安岭，如果不去林场，不单看不到大树，而且很难认识大兴安岭人的个性。

离开黑龙江畔的乌苏里，我们驾车行驶了一个多小时，来到了图强林业局下属的二十八站林场。

这个林场所在地，古时也是一个驿站。这一点从其名字就可以想象得出来。现在，这里是林场职工们的驻扎地，住着三四十户人家，全部都是林场的职工。房子很紧凑，也很有特色。正值中午时分，家家房顶的烟囱冒着袅袅的炊烟。一栋二层小楼，就是林场的政治、经济、文化中心。如果不是亲眼所见，是不能理解"远在深山中"这句诗的含义的。周围人眼所能见到的，就是连绵起伏的大兴安岭山脉，以及山岭上茂盛的林木。从林场出发，到下一个最近的有人烟的地方，最少也要花上几个小时的时间。从这个意义上说，这里算得上隐在山水之中吧。

　　林场偏僻，与外界的联系不太方便。但是居住在这样茂密的山林中，能够呼吸到最为清新鲜美的空气，这可是世界上绝大多数人都无法享受的最高福利啊。长年呼吸这种健康空气的人，身体比别人来得健康就不用说了，想来是连精神都比外面的人好，心情也更容易轻松、开朗吧！眼下虽然是冬季，看不到周围林海在春秋两季五彩斑斓的美丽景象，但只是这满山的苍翠与莹白就足以慰劳我的眼睛了。无论是远景、近景，通观全貌还是留心细节，随处都能发现足以入诗入画的美丽景致，或写意或工笔，或泼墨或留白，或偶傥或沉郁，或豪迈或婉约，怕只怕手中笔不够，写不完这些无双胜景，道不尽这满目风光。

与林场的领导座谈了一会儿，就到了中午，我们一行进了林场的职工食堂。

这个食堂面积不大，收拾得干净利落，服务员是一位年近半百的老大婶。大婶个头不高，身板硬朗，头发半花白着，但是面色红润，气色很好。大婶麻利地招待我们在靠窗户的地方坐下。从这里可以清晰地看到窗外的景致，视野非常好。想来平时肯定是人人争先抢占的"风水宝地"，今天倒是照顾我们了。我们坐下不多时候，大婶就端着盘子开始给我们上菜了。难怪朋友之前连番地向我推荐，这里的菜果然是好吃。虽然没有海味，但是绝对是地道的山珍。什么木耳啊，猴头菇啊，松菌啊，有鲜的也有干的，不管是煎炒烹炸还是蒸煮炖煨，都透着清香和新鲜。这是在山外根本无法享受到的美食啊。虽然现在各地都有这些干鲜山珍出售，但大多是用人工培育的物品加工而成的，在鲜味上自然有所欠缺，更比不上这新摘的新鲜和清爽了。大师傅的厨艺也的确精湛，简单的清炒木耳，经他巧手烹饪，又香又滑，说不出的好吃。再加上大婶在一旁热情地给我们介绍各种菜肴，又讲一些林场里发生的逸闻趣事，听得大家不时大笑。心情一好，胃口自然更好。大家的饭量似乎都比平时长进。尤其是我，这顿饭吃得分外开心，不停地夹菜添汤，胃口比平时好了一倍不止。

一顿饭吃完，大婶带着我们几个人开始参观这座二楼的管理处。二楼除了有餐厅外，还有一个相当大的会议室。好像前几天林场的职工在这里开过职工代表大会，当时挂的条幅到现在都还没有撤，高高地挂在前面。大红色的条幅，透着满满当当的热情和力量，看着它，就不难想象当天会场热烈的气氛。大婶又带着我们参观职工活动的地方。靠左边的几间屋子打通了，里面放着两张乒乓球桌，一张台球桌，屋角的地方还放着两个羽毛球架，地上堆着球网。遇上休息日，职工们经常三五成群地聚集到这里，或者打乒乓球，或者打台球。天气好的时候，他们还会在屋外支起羽毛球架子，组队来上几局。大婶告诉我们，林场经常组织员工来几场业余比赛，每次比赛大家的积极性都非常高，不管会打的，还是"二把刀"，都抢着报名参加。大婶自己也是一把好手，还得过女子老年组羽毛球的优胜呢。

在屋子的另一边摆着一套架子鼓。大婶给我们介绍说，林场有一个新来的小伙子，是个大学生，家在哈尔滨，毕业以后自愿到大兴安岭的林场工作，最后分来图强。小伙子打得一手好鼓，这架鼓还是他来了之后，参加全局职工文艺表演得奖之后林场专门给配的。他打鼓打得好是整个林业局都知道的，有什么文艺活动或者表演，他的架子鼓一定是保留节目，特别受欢迎。平时，下了班后，他也到活动室来上一段，到那会儿大家都围在这儿听他打鼓。大婶看来很是喜欢这个多才多艺的小伙子，一提起他来，就满脸的笑容，说个不停。

从活动室出来，前面有一个大橱窗，那是林场职工的文艺园地，上面贴着职工们自己写的文章，画的画。我看到这一期

好像是有固定主题的，叫作"向赴俄人员学习"。大婶给我们介绍说这是林场职工们专门为那些到俄罗斯伐木的职工们办的专栏，介绍他们在那边的情况，宣传他们的事迹。看了这一期的专栏，对那批走出国门的汉子有了大致的了解，然后深深被他们的勇气和开拓精神所感动。大婶特别自豪地告诉我们，她的儿子，就是这批赴俄罗斯人员中的一员。儿子很出息，看得出来大婶心里很为他骄傲。不过，能够养育出这样的好儿子，大婶的教育功劳也是不可忽视的。看来她不但是位对人热情，对工作热心的好同志，更是一位好母亲。

一圈转悠下来，时间也不早了，我们还得赶回住所。于是我们告别了大婶和林场的工作人员，踏上了回程。

一路上，我都在回想今天在林场的所见所闻。在这个偏僻的山林里，有这么一个小小的林场，有这么一些热情、开朗的人。可惜的是今天时间太短太匆忙，我还没有来得及向厨房的大师傅讨教两招做菜的诀窍，也没来得及跟林场的乒乓球高手们过上几手，更没有能听到那位小伙子的架子鼓，实在是让我遗憾不已。这是一个多彩的世界，这是一片温馨的天地。生活在这里的人们，有的可能一生也没到过大城市，但是，也不会有任何遗憾。因为，他们生活得十分真实，十分踏实。

我暗自下决心，一定要找机会再来一次，那时候我一定要好好认识这里的每个人，好好感受他们的善良、淳朴、热情和乐观向上。

风中的笑声

大兴安岭林区的冬季，冰封雪飘，天寒地冻。而这个时节，是林区采伐的旺季。那些伐木工人们，开着现代化的作业机械，带着父亲母亲的嘱托，带着妻子儿女的期待，走进深山去伐木。那里的山高，那里的林深，那里的雪厚。如果有时间跟着这些伐木工人，在深山老林中生活几天，你就会对他们所从事的工作，对他们所具有的奉献精神，产生一种由衷的敬畏。然而，我因行程匆忙，没有能到伐木现场去，为我的大兴安岭之旅，留下了几分遗憾。但是，我在图强林区的雪地上，目睹了拉木材的场面，多少做了弥补。

图强的林区很大，范围很广，林木覆盖率也非常高。但是，由于1987年的森林火灾，林区内大面积的可采林都被毁坏，现在所见的森林，一部分是当时未受火灾戕害的残存林带，另一

部分则是后来新种植的林木，所以大部分林区现在都还是幼年或者青年林，尚不到可以采伐的时间。因此，虽然执行了"天保工程"，大大减少了每年的采伐任务，但是以图强现在的林木资源状况，要完成这些采伐任务，也还是有很大困难的。

沿公路的林木大都是青、幼年林，不属于可采范围。要想找到可供采伐的成熟林带，就需要深入林区，到更加荒莽的原始林区找寻。所以图强的职工，尤其是从事林木采伐业的职工，到了采伐季节，需要到非常偏远的林区开展采伐工作。越朝森林深处就越偏僻，基本上没有人力开发的通道，再加上冬天，林中积了厚厚的雪，行走更不方便，所以现代化的交通工具在那里是派不上用场的。对林区熟悉的伐木工人在这种时候，往往是会借助大兴安岭古老的交通工具——爬犁，来完成运送木材的任务。

在我们开着车在林区穿梭的时候，一路上就看到了好几个这样驾着拉木材的爬犁的大兴安岭汉子。

爬犁算得上是东北山林的一大特色了。厚厚的积雪中，也只有这样受力面积宽广的东西才能自由地行动。一般，爬犁都是由马来拉的，人坐在爬犁上赶马前进，有点像是马车的改版，跟北欧地区的狗拉雪橇也很接近。过去，冬天大兴安岭人出门，一般是一家人坐在一个爬犁上，赶着爬犁走。现在经济发达了，这种景象也少见很多。但是要是到公路不太便利的林海中，还是需要爬犁的。否则，厚厚的积雪，人踩上去的话可以陷到膝盖处，走不了几步就累得不行，哪里谈得上伐木？笨重的汽车就更不用说了。所以，大兴安岭人冬季伐木，很多是驾着爬犁出门的。这次我们看到的伐木人也不例外。

两匹马拉着一驾爬犁，上面堆满了木头，老沉老沉的，两匹马拉起来都嫌吃力。一个汉子高坐在木头堆上，赶着马，操纵着这驾爬犁。另有几个高大的汉子带着工具，坐在另一个爬犁上，跟在后面一起走。看起来他们是一批到山里去伐木头的。爬犁在雪地上滑过，留下深深的痕迹。压痕一路延伸，一直延伸到林子的另一端，被林木所阻隔，脱离了我的视线。

这些中年的高壮汉子都是林场附近的居民，冬天，他们经常这么三五成群地聚起来，一起坐着爬犁走到深山里伐木。走的时候，他们往往还得带上在野地里过夜的装备，一进到林子里，谁也保不准当天能不能回来。有时候走得深了远了，在林子里待上一两天都是常有的事儿。冬天的林子里夜里气温低得能冻死人，几个哥们儿就凑在一起互相打气，哆哆嗦嗦地挨到第二天早上。到深山里伐木，很辛苦，有时候也很危险。不定什么时候遇上像暴风雪之类的意外。可是即使有这么多的困难和危险，他们也依然得去。他们耗费心力，从深山里把这些木头拖出来，为的自然是卖掉这些木头之后能够得到经济利益。钱，虽然现在很多人不屑于提起这个字，但是不得不承认的是，在我们的日常生活中，它占据了太过重要的地位。再清高再骄傲的人也无法拒绝。因为你活着，就需要吃饭，你要吃饭，就得

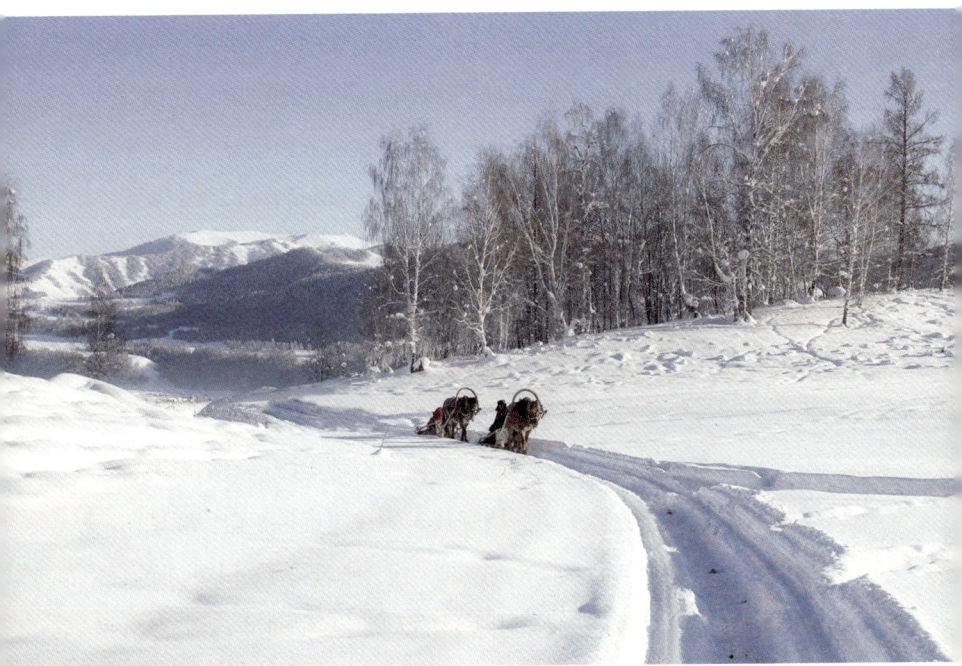

有钱,很现实。这帮伐木头的汉子,家里多半也是上有老下有小,一家人的衣食住行统统都指望着这一爬犁的木头。对这些拉爬犁的汉子们来说,那个爬犁上拉着的可不只是木头,那是他们一家人的生计所在!

正想着,路边的丛林里又有几个爬犁滑过。爬犁上的几个汉子好像正高声谈笑着。离得远,车窗又紧闭着,听不清他们说了些什么。只是隐约看到他们的神情都很愉快,很有些眉飞色舞的感觉。

也许他们是在讨论这次进山里的收获,顺便计划一下怎么花钱。竖起耳朵,我似乎多多少少能够听到点他们在说什么了。"这次出门的成果不错,估计能换到足够多的钱,回家可以给老人买点营养品,给儿子女儿捎点玩具,当然书和学习用品也不能少。再给媳妇买了那件她想了好久的红大衣,她天天跟家里守着老老小小的,也不容易,还得顾着她点。也给咱自己买点烟买点酒的,在林子里一待好几天的,还真是要命!要是还有余钱,咱就都存起来。等到攒够了钱,咱就带上老老小小的,到外边好好玩一趟。听他们出去过的人回来说,北京可漂亮哪。什么时候咱也能去上一趟,就够了!"

你听,风里吹过来的,不是他们的笑声吗?那么富有感染力的笑声。

林区老职工

离开图强之前，我去看望了一位老职工。

这是一个普通的林业职工之家。院子不大，收拾得干净利落，棚子下堆着一些用来烧炕的木柴。推开门，一股热流涌遍全身，屋子里同屋子外仿佛两个世界。老职工和他的老伴都在家里。我们进屋的时候，他正在桌子旁写什么东西，老伴在客厅的沙发上看电视。看到我们进来，夫妻俩都热情地起身欢迎。

"退休了，还在忙啊？在写什么呢？"我问。

他笑了笑说："随便写点东西。是回忆过去的点滴小事。"

这个时候，朋友才告诉我，老人是图强林区的一位业余老作家。

1964年大兴安岭开发建设的时候，他和很多热血青年一样，满怀热情来到大兴安岭。这些年，他当过伐木工人，当过机关干部，现在已经退休在家。一晃几十年过去了，他很少离开过大兴安岭，问他为什么不到外边的大城市安度晚年，他爽朗一笑说："习惯了！就是喜欢这里的大山和森林。"

跟这位在大兴安岭的深山老林里生活了几十年的老人交谈，我能明显地感觉到他身上有一种不同寻常的气质。文人的细腻、大山的粗犷在他身上交汇。这种细腻体现在他对这片山林热烈的爱上，这种粗犷从他永远都是大声而爽朗的笑声里能够感受到。

他年轻时的理想就是当一个作家，20世纪六七十年代的青年人，有不少是不折不扣的理想主义者，他也不例外，十几岁的时候他就写过小说、散文。1964年的时候，大兴安岭大开发，他加入了由一群热血沸腾的年轻人组成的开发大军。10万开发大军进驻大兴安岭，群山欢舞，万水沸腾。在一股子创业热情的鼓舞之下，这群本来就充满了活力的年轻人更加振奋，10万人不畏艰辛，在人迹罕至的深山老林里修路、盖房、建林业局、伐木、耕种。他见证过这段历史，亲身的经历让他对这片热土充满了爱。

荒无人烟的山林之上，路是他们修的，房子是他们盖的，城市是他们建设的，木材他们伐过，庄稼他们种过，大兴安岭从无到有的过程是他们实现的，这种经历的确让人终生难忘，让人不能不对这里的一草一木产生深厚的感情。

他告诉我，他尽管热爱文学，年轻时想当一个作家，但是他首先是一个大兴安岭人，他的灵魂、他的身体都属于大兴安岭。他说这话的时候两眼望着茫茫林海，脸上洋溢着幸福的笑容，从他的眼神里我能感受到一种真挚的感情在流淌。大兴安岭对于我来说，只是众多考察的地点之一，但是对于他来说却是家，是他亲手建设起来的家。

他写过诗，他的诗有的在报刊上发表，有的至今还在腹中。他的诗就像大兴安岭雄奇的大山一样挺拔而又苍莽，充满了一种力量。当地的另外一位朋友跟我说，环境不但塑造人，同样塑造文章，只要读他的文章，就能知道他是大兴安岭的人。这话不假，我在大兴安岭文联主办的文学刊物《北极光》上，读过一些大兴安岭诗人的诗，那些诗，像一幅又一幅美丽的画卷，描绘的是祖国壮丽的山河；又像一曲又一曲激越的乐章，让人感受到一种豪情壮志扑面而来。

他的老朋友们说他是大兴安岭的嘴巴，用一支笔说出了大兴安岭的心里话，人们爱听。而他自己说，他的灵魂是大兴安岭塑造的，所以他的文章也是大兴安岭赐予的，他只不过用语言把这些文章写出来了而已。

一个作家的人生经历就是一本书，一个出色的作家写的文章又是一个时代的缩影，一个特定人群的一种素描。1964年到大兴安岭的时候，他与同时代的许多人一样，投身到热火朝天的建设事业中，在山林里喊着号子，咬着牙关，修铁路，建林场，搞林木生产，完全融进了建设大军之中。大兴安岭的阵阵松涛是他的催眠曲，大兴安岭的片片白桦林里留有他的足迹，在大兴安岭连绵不断的大山之中他书写自己的诗行。由他来为大兴安岭前赴后继的建设者描绘画像是再贴切不过的了。

在他的笔下，大兴安岭的风景，大兴安岭的历史，大兴安岭的建设者们都是那么的动人，那么的可爱。透过他的笔，我们能感受到这些从五湖四海汇聚而来的人和我们一样对生活有着真挚的热爱，也能看出大兴安岭几十年的建设走的是一条充满了曲折和挑战的路。而建设大兴安岭的这些英雄儿女尽管大多默默无闻，但是，豪迈的热情在每个人的身上都是一样地燃烧。

我能感受到他是用细腻的笔触，真挚的情感，奔放的激情在大兴安岭写作。

和他在一起谈大兴安岭的山，山给我的感觉也不一样，或许是他的情绪感染了我，或许是他的灵魂在召唤我，眼前的大山的确给了我一种不同凡响的撞击。李白喜欢山，是喜欢山的旷达；徐霞客喜欢山，是喜欢山的雄奇与壮观；陶渊明喜欢山，是喜欢山的清净与秀丽。他爱山，爱大兴安岭，却是爱几十年在这里留下的每一个足迹，爱几十年在这里看到的每一个动人的场景。山在他的眼里不仅仅是山，还是家，是事业，是一生的成就；风景在他的眼里也不仅仅是风景，还是情感，是整整花了几十年的时间才培养出来的情感。而艺术是什么？不正是艺术家们生活的升华和情感的勃发吗？

　　多少年来，由于人迹罕至，奇寒无比，地处北疆，大兴安岭的浩瀚林海并没有成为文人墨客争相竞往的热点土地，尽管黑龙江源头的景观也是那么的美丽动人。大兴安岭的本土文化也只有通过这里的鄂伦春、鄂温克、达斡尔等少数民族的传说、口述、挖掘整理来传承。所以，1964年的大开发是大兴安岭的文化兴盛的重要里程碑。

　　从这位作家朋友家里出来的时候我突然感觉到大兴安岭亲切了许多，一个本来并不熟悉的环境突然就好像一个感情深厚的朋友一样让我感到很亲近，因为我跟它的灵魂，那个大山里的作家有了一番深刻的交流。也正是这位作家让我深刻地认识到了真正的艺术是不会被埋没的，因为它有非常实在的价值和真挚的情感，而这些是能够打动他人的。

漠河雄文

踏上漠河的土地，你不能不油然而生一种豪情壮志。

这座耸立在冰天雪地中的北疆小城，处处展示着英雄本色，洋溢着阳刚之气。解读漠河，仿佛一篇雄文。

我是在 3 月初踏上漠河的土地的。这个时间的南国，已是花红树绿，碧草青青，春风和煦。就是北方城乡，也已冰雪消融，嫩芽待放，春意盎然。而漠河却是一片冰雪的世界。天似冰一样的冷清，地被冰冻得僵硬，房顶覆盖着厚重的冰雪，树枝上开满冰雪的花朵，就连空气都像结了一层冰，吸一口冷透心肺。置身于这种环境之中，我一下子感到结实了许多。

在黑龙江畔，矗立着一座高大的"神州北极"碑，它向人们显示着这是祖国的最北边陲。站在碑前举目北望，对面俄罗斯连绵的山川、苍茫的森林、蓝色的村落一目了然。就连村子里走动的人们的身影，都看得十分清晰。难怪江边的一排排樟子松、白桦树显得威武雄壮，精神抖擞，它们同漠河人一样，也带着一种为祖国守望北疆的神圣使命感。

黑龙江源头就坐落在漠河境内。因为是漠河的冬季，看不到奔腾咆哮、滚滚东去的江水，但是，冰封千里、一望无际的黑龙江，像一条银色巨龙腾空而起，在崇山峻岭间飞腾，显得气势磅礴。可以想象到了冰冻融化的日子，千里江面将是多么壮观！

　　我们驾着车在冰冻厚重的江上奔驰。车轮在冰上滚动，在雪里挣扎，不住地打滑，随时都有翻车的可能，那种惊险、那种刺激，让人顿生一种英雄豪情。在 2004 年冬季漠河举行的首届"中国北极漠河·黑龙江源头冰雪汽车挑战赛"上，就有翻车的事情发生。据说参赛选手无不惊叹："这是一个最能考验车手水平的赛场"，"这是最能给予赛手激情的地方"。一些南方城市的人们和港澳同胞，在电视上看到冰上汽车拉力赛的惊心动魄的场面时，也深受感染。我站在冰冻的江上，看着不久前那些勇敢的赛车手们留下的一道道车辙，仿佛看到一只只小船在汹涌澎湃的江水上飞行。

　　漠河独有的大界江，给人的是横空出世之感。我之前到过长江三峡。三峡的雄伟，三峡的险峻，三峡的奇妙，给我留下了难以磨灭的印象，而漠河的大界江同长江三峡相比，则显得更宽阔，更宏大，更壮观。江从山中穿过，山在江畔屹立，山上是苍茫的大森林。在靠近中国边境线这边的江面上，一匹大红马拉的爬犁在雪上飞速行驶。上边坐着的一个女人穿的也是一件红色上衣。皑皑白雪中，那红色上衣显得格外鲜艳夺目。如果是诗人在，一定会出口成章，吟出一首北国绝唱。

　　大冰雪是漠河的特色，也能够展示漠河雄性的魅力。漠河一年也有四季，但是冬季最长，有 200 多天，而且是真真正正的冰天雪地。温度最低时达零下 50 多度。漠河的冰像特殊材料做成的，像铁一样硬。漠河的雪也是别处看不到的，晶莹透亮。

大冰雪的世界，创造了独具特色的大冰雪。而漠河人说，在大冰雪世界生活时间长了，对大冰雪有着一种特殊的情感。在这样的环境中生存，本身就需要坚韧不拔的毅力和不屈不挠的勇气。从 20 世纪漠河有人烟开始，这片土地就被赋予了火热的传奇色彩。过去，漠河人靠山吃山，以生产和经营木材为生。越是到冰封雪飘的时候，越是他们最忙碌、最紧张的时候。那些伐木的汉子们，走进了冰天冻地的深山老林，用他们的勇气，用他们的力量，采伐出一批批木材，给更多的家庭带去温暖，给更多的高楼带去美丽，给更多的城市带去雄伟。1998 年，国家启动"天然林保护工程"，漠河的木材产量一下削减了很多。木材产量削减，意味着漠河人的经济来源减少。但是，漠河人拥护国家的政策，漠河人懂得生态安全的重要。他们不等不靠，开始了新的创业。他们在冰雪中搭起大棚，让过去在北疆从不生长的各种蔬菜安家落户，既开拓了新的产业，又给漠河的冬天增加了春天的生气。他们开起家庭旅社，笑迎来自四面八方的游人，让北极冰雪游成为一个响亮的品牌。还有一些汉子，走过冰冻厚重的黑龙江，到俄罗斯采伐木材。在漠河，到处可以看到冰雪，到处可以看到形形色色、造型各异的冰雕。那些冰雕，有的出自白发苍苍的老人之手，有的出自刚刚学步的儿童之手，创作者都把自己对人生的感悟、对大自然的挚爱，融进了冰雕之中。毫不夸张地说，冰雕构成了漠河的一大特色景观，也是漠河人展示其思想和艺术才华之地。

　　漠河位于大兴安岭深处。大兴安岭的原始森林,经过多年的开采,加上一次次大火浩劫,已不多见。在大兴安岭林区行驶,很难见到粗壮的大树和成片的古老森林,让人心中不能不留下遗憾和感叹。而漠河至今还保留着大片的原始森林。森林里的一片片古树依天而矗,巍峨挺拔。最雄健、最壮观的要数樟子松;而最美丽、最迷人的要数白桦树了。在苍茫的林海雪原中,浑身上下红透的樟子松像强壮的汉子,身披薄纱的白桦树则像亭亭玉立的女人,相互依存,抵御严寒,携手并肩,共同成长。人走在大森林中,呼吸到的是清爽的空气,感受到的是精神倍增。尤其是在冰天雪地的大森林中行走,你不禁会对那些在冰雪中巍然屹立的树木生出崇敬之情,同时也会体验到生命的伟大。据说一些外国游客冬天到了漠河的大森林,一定要在林中搭上帐篷,体验一下生存的价值。

　　著名作家迟子建曾写过一个名篇《北极村童话》,美丽生动、十分感人。北极村就坐落在漠河境内的黑龙江畔。这是极具北方特色的小村子。家家庭院都是用木篱笆围起,院子里都堆着烧柴。有的人家院子里养着马,有的人家院子里养着牛,还有的人家院子里搭着蔬菜大棚。有几户人家,院子里红花鲜艳。一问方知是一些塑料制品。但是,人们从此可以发觉主人对生活的热情、对春色的向往。我们在临近江边、一个叫作“中国最北之家”(现为“中国最北一家”)的饭店吃了一顿午餐。这家饭店是几间典型的东北乡村木质结构房子,里边有客厅、客房，看上去并无特别之处，但由于其优越的地理位置，加之别具一格的绿色饭菜，热情周到的服务，每天都是客人不断。据说，在一些华侨和外国友人那里，这个"中国最北之家"也是颇有名气，已经成为漠河的一个品牌。

漠河被冠之以最北的地方有好多处，而且各具特色。在最北的邮电所，给亲朋好友发出一封盖有"神州北极"邮章的信，趣味无穷；在最北的哨所前留一张影，意义深远。

漠河的历史雄伟壮观，堪称一部英雄史诗。由于冰雪期长、生存困难，在远古时期，漠河像整个大兴安岭一样人烟稀少，只有少数以游猎为生的鄂伦春人。但是，漠河蕴藏着极为丰富的资源，尤其是木材和黄金贮藏量大。这些都吸引着贪婪的沙俄人的目光。于是，从19世纪初开始，沙俄人进入漠河，偷偷开采黄金。也从那个时期开始，漠河的土地上战火不断燃烧。漠河的鄂伦春人为了保护黄金，同沙俄盗金者刀枪相见。后来，清政府也多次派兵，在漠河驱逐沙俄盗贼。再后来，清政府在北洋大臣李鸿章等的竭力促使之下，委派李金镛为漠河总办，创办漠河金矿。生在江南、长在江南的李金镛，义无反顾地踏上了漠河的土地。他和兵勇们"勘道入山，裹粮露宿"，经过了艰苦卓绝的奋斗，开办起漠河金矿。从此，沉寂千年的漠河冻土，变得热火朝天，开始兴盛起来。李金镛和他的兵勇们，大都献身于漠河。至今，人们说那些深山里的樟子松，像是李金镛的兵勇们。只有英雄的樟子松，才能够抵御严寒。

　　漠河经历过 1987 年"5·6"一场史无前例的大火浩劫。所以，漠河有一座"5·6"火灾纪念馆。这里不仅记录了这场大火，给漠河造成的生命和财产损失，以至于给大兴安岭生态系统造成的严重破坏，而且记录了漠河人同大兴安岭其他地区的人民一道，众志成城，勇往直前，战胜大火，重建家园的英雄事迹。山在燃烧，林在燃烧，火海浓烟里，扑火英雄们前仆后继……看后，你不能不对英雄的漠河人、对漠河这座英雄的城市增加几分崇敬。

　　漠河，一座英雄的城市，一篇悲壮的雄文。

　　我离开漠河的时候，漠河又在飘雪。

夜走漠河

冬季的夜晚，在大兴安岭林区休息是一种享受。屋子里气温适宜，四处一片静寂，没有大城市那种喧嚣，那种嘈杂，那种躁动。几个朋友聚在一起聊天，天南海北，无所不谈，会觉得神清气爽，身心放松。

那天晚上，我在图强宾馆和几个朋友聊着聊着，不觉已是夜间11点多钟，屋子里的人都觉得有点饿。于是，有人提议一同出门吃夜宵。我听了颇感惊奇。"这么晚了，还有吃夜宵的地方？"我一边走一边问。朋友神秘地笑，说要带我去一个好地方，让我好好开开眼界，省得我看不起深山老林中的这个地方。

图强的大街上灯火辉煌。我们坐着车，沿灯火辉煌的大街走了没多会儿，就进入了一片冰雪天地。沿线不时有路标出现在车灯前：北极泉矿泉水厂、木材加工厂、贮木场、林场……

当汽车拐过一道弯，驶入另一个方向时，我看见了漠河的路标。原来是奔漠河的方向去了。这会儿去漠河，能有什么东西看，我心里颇不以为意。

车离漠河市还有一段路程时，首先映入眼帘的是一片亮光，把半边天空照得光辉灿烂。这就是中国最北的市——漠河。

车进漠河后，减速缓行。我知道朋友的用意，是想让我好好看看北极冰城的夜景。已经是深夜，大街上行人不多，三五个晚归的人在路上走着，偶尔有几辆车驶过。街道显得很空落，很宽阔。路边的路灯发出柔和的黄色灯光，照着路两旁挂着积雪的松树，有一种温柔祥和的气息扑面而来。街头随处可见剔透的冰灯，与路灯下的街景交相辉映，格外的宁静和美丽。

我们的车拐上一条街。这附近大概是漠河繁华的商业区吧。

临着的几条街两边都是店铺。而且此时大多数店铺都灯火通明，显见是还在营业。除了服装商店之外，这里最多的就是饭店了。大大小小，各种口味、各种风格的饭店，几乎是齐聚在这几条街道上。一路过来，除了最常见的东北家常菜馆外，还有各种川味饭店、江浙风味的饭店、粤式风味的饭店，还有几家日本料理店和韩国烧烤店。除了有饭店，在这一片，各种卡拉OK练歌房、茶艺馆、咖啡店之类的娱乐场所也是应有尽有。在这样一块方圆之地，人们可以逛完商店进饭店，填饱肚子紧接着就能找到合适的地方继续娱乐消遣。由此看来，漠河人在物质生活方面的条件相当优越，比起很多大城市都毫不逊色。

朋友带着我走进一家韩国烧烤店。店面不是特别大，但是装潢得很有特色，极有真正的韩国民族特色。当然，只从店的外装修是无法判断这家店的料理是否美味的，还得亲自进去尝尝。

跟着朋友推门进去，一股声浪突袭而来。首先是店员们用韩语大声地对刚进门的我们喊欢迎光临，让我们的耳朵饱受考验。然后，我们才发现整个店堂都被喧哗的人声所充塞，即使是同行的两人，也得留心听才能从周围鼎沸的人声中辨别出同伴的话语。

店里面几乎是座无虚席。我们必须先等待一会儿，等有人用餐完毕离开后，才能为我们安排座位。于是我们就坐在店门处的沙发上，一边打量这家看起来颇受欢迎的饭店，一面等待服务员的通知。服务员们娴熟地端着各种菜肴在显得有些拥挤的店堂里来回穿梭。在这里用餐的人绝大多数应该都是漠河当地人。他们或者是一家三口出来"改善生活"，或者是三五好友感情交流，或者是一群同事下班后拉扯着要玩上一晚……所有人看上去都兴高采烈，一时间，店里回荡着劝酒声，笑闹声，高谈阔论声，所有声音汇集到一起，像一股欢乐的海潮，温柔地环绕着这家小店和店里每一个人。

这时候服务员过来通知，我们的座位已经收拾好了。跟在服务员身后，我们慢慢地穿过整个店堂，来到一个靠近角落的地方坐下。在我们的附近有三桌人，看起来已经来了有一会儿了，正吃得畅快。最靠近我们的是一对情侣。两人面对面地坐着，占据了一张小桌。和周围喧闹的气氛有些不协调的是，这对小青年很安静地坐着，小声交谈着，有的时候两人同时夹菜给对方碗里放过去，然后一抬头，相视一笑，灵犀在心。稍远一点的地方，坐了一家六口人，从年龄来划分应该是爷爷、爸爸、妈妈、儿子（女婿）、儿媳（女儿），还带着一个小曾孙女，小女娃只有五六岁的样子，苹果样的笑脸上一笑两个酒窝，甜得不得了。他们一家坐了一张大桌，桌上满满地摆着各式各样的菜肴，居中的地方还放着一个漂亮的生日蛋糕。看样子好像是在给爷爷过生日。不过，还等不及给爷爷点上蜡烛许个愿，小曾孙女就吵吵着要吃蛋糕，一时间大人们又是哄又是劝的，闹了个不可开交。最后还是老爷爷疼爱小曾孙女，提前切开蛋糕给她吃了。小女孩儿吃得满脸奶油，惹得全家乐得不行。一阵阵的打从心底透出来的欢快笑声，让我这个旁观者听了也跟着觉得高兴。在那对小情侣的后方，坐着几个学生模样的女生男生，叽叽喳喳地又是说又是笑又是闹，就像是多少年不曾见过了，有好几箩筐的话讲不完。他们的声音比较大，有的时候即使隔着一桌人，我也能够听见他们争论的内容。不过他们的话题也真够多的，从香港明星聊到萨达姆、本·拉登，从小说电视聊到学术论点，从林区变化讲到台湾大选，简直是天上地下五花八门，无所不包。他们那么肆无忌惮地张扬着的，是年轻的冲动和热情，是青春最明朗的颜色，最有力的翅膀。真是有些羡慕他们，那么的青春活力，那么的耀眼夺目，那么兴高采烈地享受着生活享受着生命。

我从内心喜欢这里的氛围。那么轻松，那么自在，又那么张狂，那么热烈。每个人在这里都是放松的、热烈的。在这样的氛围里，人们都会自觉或不自觉地把白天生活、工作以及学习中所遇到的种种烦恼、纠纷和挫折，紧张、疲惫和劳累，都暂时抛开，给自己一个能够尽情释放情感的空间，一个可以平复自己纷乱的思绪和紧张的情绪、自我调适和自我恢复的机会，为下一个工作日储备充分的能源和动力。同时，与亲朋好友共同寻找欢乐，给彼此的生活增添色彩和音符。我想，正是这些可爱的小店，让漠河的夜晚保持了它的美丽，让勤劳智慧的漠河人生活得更加自在、更加充实。

在一个美丽的夜晚，我来到美丽的漠河，邂逅了一个美丽的小店，见识了一群快乐幸福而美丽的人们，领略了美丽的人生，然后开始期待着下一个美丽的黎明，更加美丽的开始。

中国最北人家

　　漠河是中国最北的一个市。坐落在漠河的北极村是中国最北的一个村。而这个坐落在北极村最北部的黑龙江畔的人家，是当之无愧的中国最北人家。据漠河的朋友介绍，这个"中国最北之家"，已经成了一个响亮的品牌，大凡到了漠河的中外游客，几乎都是要到这个最北人家做一回客，而且对这个最北人家都会留下赞誉。久而久之，漠河传开一句话："不到最北人家，就等于没到过漠河。"

　　我们是在中午到达这个最北人家的。

　　这个最北人家坐落在黑龙江畔，从这家人家的大门到江边，只有十几米远。远远看去，这个人家并没有什么特别之处，同样是木栅栏围成的院子，房子同北极村的许多民居也没有差异，也是木质结构，只是造型有些特别，仿欧式建造。房顶覆盖着厚厚的雪，院子里也覆盖着厚厚的积雪。从大门到主屋，扫出了一条长长的过道，露出下面褐黄色的土地。木质结构的房壁上，漆着金黄色的油漆。屋顶和窗框却是湛蓝的天空的颜色，与房壁相对比，明朗悦目，清爽简洁，给人以柔和而单纯的美感。院子里没有养殖牲畜，也没有种植什么经济作物，只是有几簇粉红色的花，在雪地里鲜艳夺目。

这几簇花引起了我的浓厚兴趣。从常理推测，在零下四五十度的严寒下，怎么会有花开放？是不是人造的塑料花呢？我原来想用手摸一摸，试一下真伪，但仔细一想又作罢了。不管这些花是真的还是人造的，毕竟都是装点一种美丽的场景。在冰天雪地里，这些绽放的花朵，营造出了美丽的效果，让到了这里的客人感受到春天的生机，同时油然而生一种暖意。

栅栏院子上挂着的一条长长的红色条幅，也给这个院子增添了生机。条幅上写着"参加冰雪汽车挑战赛，观赏神州北极好风光"一行大字。这是 2 月间举办的"黑龙江源头·漠河冰雪汽车挑战赛"的宣传条幅。虽然赛事已经结束很久了，但主人仍然没有将它撤下，看来是挑战赛余韵未绝，仍然还能牵动这家主人的心潮起伏吧。

在面对黑龙江的墙壁上，高挂木质的匾额，上书"中国最北之家"六个大字，字体舒展从容，气度非凡，很有神韵。看来题书者在书法上是颇有造诣。朋友告诉我，这个题词出自一位著名的美籍华人书法家。从此可以看出，这位美籍华人书法家到过这里，并且动了感情。

　　这个最北人家一共只有四间屋子。正中的堂屋不但是店面，还兼做餐厅。其余几间屋内都铺有火炕，可以为客人提供住宿。屋外紧邻着的就是黑龙江。现在从餐厅的窗户往外看去，可以看见一条银色的冰龙横卧在屋外，景色极为壮阔。因为没有什么障碍阻隔视线，江对岸的景致一览无余。小小的俄罗斯村庄和苍莽的森林，跟河这头中国的村镇，其实并没有太大的差别。

　　这家的主人商业意识很强。在大厅里摆放的几排橱子里，放着漠河当地和大兴安岭林区的特产品样品，有白桦树皮做成的工艺品，有林中特产蘑菇。游客来到这里，都会买一些带走以作纪念。朋友告诉我，这家主人是位人过中年的妇女。我很想和这位女主人认识，可惜她出远门去了。

　　正在说笑间菜已经上上来了。并没有什么山珍海味或者高级料理之类的东西，大多是当地产的蔬菜和肉类。但是由于这里远离城市和工业，山水都没有受过污染，蔬菜是绝对的绿色食品，就连家禽家畜也都是用传统方法喂养，所以这些菜的味道显得特别清新鲜美，让人食欲大动。简单、清爽而美味的菜肴，倒是和这家小店，以及整个漠河村给人的印象颇为吻合。都是很单纯，很内敛，不张扬，不虚饰，有真材实料的踏实、稳重和美丽的特质。

　　大家一边吃一边聊。说起来这家饭店开业也不过三五年的时间，正好是赶着政府推广旅游的时机建起来的。当时并没有想到会有现在这么好的生意和名气，只是觉得是一个机会，可以尝试一下。结果就这么一家人努力着做起来了，然后慢慢地，因为服务质量比较好，也算是做出了名气，小小地成功了。

　　不过说起来，小店这么快就成名，也是托了漠河这里的地理优势。神州北极，这是几乎垄断性的旅游资源，随着辅助设施的健全，宣传力度的增大，漠河的旅游价值将越来越高涨，吸引到如织的游客是势所必然。而这里独特的自然景观、冰雪风情，纯天然无污染的山水空气，世外桃源般的田园生活、山野气息，对从都市中来，常年被钢筋水泥森林所禁锢，被各种工业污染所戕害的游客来说，有着太过巨大的吸引力。在这日益兴盛的旅游景点开设一家兼有住宿和餐饮功能的民居式旅馆，只要店家能够保证服务的质量和水准，自然是客源滚滚，人来人往，络绎不绝的了。

小店这几年经营得确实不错。除了旅游的因素外，店家热情周到的服务、厨师高明的厨技和店内整洁干净的环境也是不可忽视的重要因素。一人来过以后，觉得满意，自然会跟周围的人宣传介绍。慢慢地，一传十，十传百，小店的名声就这么传播开了。现在这个小店在国内外都享有很高的知名度。据朋友介绍，店主人已经在国家专利局申请注册了"中国最北之家"的商标，享有了专有权。有了这个"中国最北之家"的称号，想必更能吸引人光顾，这也算得上是一种文化攻势和宣传策略吧。从现在这家旅店在游客心目中的名声和重要性已经开始接近神州北极碑，你就可以看出，这一称号给小店带来了多大的效益。

我听了，深为店主的这一行为感慨。它从另一个侧面体现了这家主人思维方式的转变和商业意识的提高。她已经想到用注册商标专用权的方法来保护自己多年来经营所得的名声，巩固并保护"中国最北之家"这一品牌的经济价值，从而保证自己的利益。由此看来，他们的观念，已经比当时中国社会中很大一部分人要进步了。这不能不归功于漠河大力发展旅游业，面向全中国甚至全世界，打开大门吸引四海游客的一系列举措。正是这些从四面八方闻名而来的游客，将新的思维新的观念带进漠河这原本相对落后的地方，给这里的居民们以精神上的冲击与震撼，迫使他们不得不转变观念，接受新的思想和新的事物，跟上社会的主流思潮和发展方向，更尽可能地去超越它们，成为引领这个社会的先头力量。店主人在注册"中国最北之家"的专利后，围绕着一个"北"字，全力打造品牌，不断赋予"中国最北之家"新的内容。

餐厅外的黑龙江仍然在冰封中，宁谧而平静。看着此刻的它，谁能够想象出春日来临，破冰而出的黑龙一泻千里，奔腾咆哮，雄壮狂肆的壮阔与激情呢？就像我们看到现在小小的"中国最北之家"只是一个小小的旅店，谁又能设想出十年二十年后它又是什么样呢？是维持现状，是不堪回首，还是兴旺发达一如奔涌的江水呢？我们都不知道。我们只知道，任何一棵参天大树，其最初，也不过是冬天土壤里沉寂普通的一粒种子。而在严寒的冬天过去后，沉寂一冬的种子开始发芽，然后会长出枝条，伸展绿叶，开出鲜花。我们就可以从现在开始期待，期待它成长为参天大树的那一天。到那个时候，我还会再次来到这里，来瞻仰一下新的"中国最北之家"。

漠河看雪

自古以来，给予江南雨的赞歌颂词层出不穷，相对之下，给予塞北雪的少了一些，而给予北极雪的更是寥寥无几。因为北极太遥远，太荒凉，那些能写赞歌颂词的文人墨客的足迹几乎难以到那里。既然足迹没到，当然也不会留下文章了。再者，江南雨如梦如烟，意境缠绵，容易触动文人墨客的情感，而北极雪，粗犷荒漠，十分冷酷容易让人望而生畏。我到了漠河，看了漠河的雪，真的有些愤愤不平了。漠河的雪，的确值得我们称颂，的确不应被我们的笔墨遗忘。

我是于江南正是花红柳绿的 3 月到达的漠河。一踏上漠河的土地，映入眼帘的是皑皑白雪，天地间银装素裹，苍茫一片，显得雄浑大气，气势非凡。无疑，这是真正的雪的世界。但是，这个时候，我对人们说的"到漠河去看雪"还没有深刻理解。

　　漠河的雪，第一次让我冲动是在黑龙江上。黑龙江是我国的第三大河流，我们在小学课本上就认识了这条江。黑龙江的源头就坐落在漠河境内。我想象的黑龙江，奔腾咆哮，一泻千里。可是，到了江边一看，一望无际的江面全被白雪覆盖了。在阳光的照耀下，银光闪闪，晶莹剔透，成了一条名副其实的银河。也许称其白色巨龙更为贴切。这条巨龙穿过一片片苍茫的森林，飞跃中俄之间起伏的群山，给人以壮志凌云、气壮山河的感觉，胸腔中也有一种冲动。江面上的雪已结成冰，仿佛在保护着黑龙江的纯洁。那雪毫无瑕疵，一尘不染，我在江上抓了一把雪，揉成一团，雪团竟然像水晶一样洁白透亮。据说，到目前，黑龙江是唯一没有被污染的河流，也许与一年中有长达近 5 个月的冰雪覆盖有关吧。

　　多年来我一直生活在北方的一个城市里。每年冬天，我所在的城市总会下几场雪。但是，由于被工业废气充斥，从天而降的雪花，在半空之中经过"灰"染，落到地上，再一次被汽车排放的尾气污染，已经不是那么纯洁了。加之与其接踵而来的干燥的天气，湿滑的路面，拥堵的交通……那雪，实在让人难以感受到其原本应有的洁净与美丽。常常听到邻里或同事埋怨："怎么又下雪了！"我真担心如此下去，人们对雪的感情会越来越淡薄。而漠河的雪，却是很本质的雪，很纯洁的雪，让人看了很爱的雪，让我找到了真正的雪的感觉。

　　漠河的雪是有情感的雪。在黑龙江边的路上，我看到两旁的各种树上，都挂着雪。那些挂在树上的雪或一簇簇，或一团团，或一朵朵，或一片片，像绽放的花儿，风吹过时，树枝摇动，雪的花朵也摇动，像是在向人们微笑。居民的院前屋后，几乎都堆着用雪做成的人物或者动物。那些用雪做成的人物和动物，形象逼真，生动可爱。可见这里的人们对雪情有独钟。在我们行车的路旁边的雪地上，不时有马拉的爬犁经过。爬犁在雪地上轻盈地飞跑，像是一首清新的诗。风吹过时，地上的浮雪随风飘起，像云像雾又像轻纱，爬犁和爬犁上的人一片朦胧。给人的感觉真是美极了。

有一辆马拉的爬犁经过时，我看见在马的屁股下吊着一个兜子，感到非常奇怪。于是，我问同行的朋友那是做什么用的？朋友认真地回答说："那是赶爬犁的主人为了接马粪用的。"我笑了。朋友看我没弄清他话中的含义，又解释说："主人不单纯是为了接一点马粪，更主要的是为了保护雪地的纯洁。"这一回，我默然了。赶爬犁的人的这一举动，无疑表现了他对雪的真情实感，体现了他与雪的深厚感情。其实，雪本来是人类的伙伴。著名歌唱艺术家殷秀梅的《我爱你，塞北的雪》中有两句歌词形象地表达了雪的特征："你是春雨的亲姐妹哟，你是春天派出的使节。"在漠河人心目中，雪是这片土地的灵魂。可以想象，如果漠河没有雪，或者雪也被污染，漠河会是一种什么样的景象。只有拥有雪一样境界的人，才能与雪情深意浓。

漠河雪的境界也令人感叹不已。当我们从车上下来，站在空旷的雪地上，呼吸着清冷而新鲜的空气，立刻觉得神清气爽，多日里车马劳顿的疲惫一扫而空。举目四望，眼前景色可谓美不胜收。浓云散开，露出清澈透亮、泛着淡淡湖蓝色的天空。新鲜的日光洒在广袤的雪地上，落叶松的翠色与莹白的雪色相映衬，光华流动，色彩斑斓，竟似要发出光来，亮得耀眼，让人情不自禁地发出"此景只应天上有"的感叹。

真是无法言表的美丽。无论是雪、天空，还是空气，都是超乎想象的清澈和干净。尤其让我的心灵深为震撼的是漠河雪的境界和漠河人的境界。

漠河位于中国最北部，大兴安岭的深处。境内河流纵横，森林苍茫，由于一年中有长达 5 个月的冰雪天气，所以是地地道道的林海雪原。漠河境内的一个个小镇、村庄，零星分布于大兴安岭的群山之间。镇子大多只有几十户人家。有的村庄只有几户人家。这些镇子、村庄远离城市的喧嚣，没有繁华的街景和拥挤的人群，没有高耸的楼群和川流的汽车，当然也就没有冒着浓烟的烟囱和流淌着黑水的排污管道。这里的人们大半辈子都待在深山里，与自然和谐共处，平凡而踏实地走完一生。他们中有很多人只是从电视里看到过城市的灯红酒绿、流光溢彩、纸醉金迷，有的一辈子也没出过山。也许他们的生活过于平庸和单调，也许他们将与很多现代工业产品甚至是"现代"本身擦肩而过，但是他们拥有最湛蓝的天空、最苍翠的森林、最清新的空气、最洁白的雪、最健康的身体和最质朴的幸福。

这里大概是中国土地上最后几片没有被现代工业污染的土地之一了。站在漠河洁白的雪地上我由衷地这样想。不知道同行的朋友们如何看，我是非常羡慕大兴安岭山中的居民。这并不是矫情。如果你和我一样是来自遥远的都市，久不见青山绿水蓝天白云，如果你也一样踏上大兴安岭的土地，呼吸到这儿透亮的空气，我相信，你也会有相逢恨晚的愤愤和流连不去的难舍难分。

然后，也许你也会和我有同样的疑惑。同在中国的土地上，为何我们的居住地的自然环境，竟有如此的天渊之别？繁华与污染并重的现代工业城市与淳朴宁静的山间小镇，这二者孰优孰劣，在此我不想妄加评论。我只是很感叹，从什么时候开始，我们居然对灰色的雪、灰色的天空和"灰色"的空气都习以为常了呢？从什么时候起，我们开始在发展的大义下，默许那些破坏环境、祸及子孙的行为继续存在，并将其视为合理呢？

近年来，自然环境的恶化，已经到了让人触目惊心的地步。

由于无节制地乱砍滥伐，长江等主要河流上游及支流流域植被破坏严重，造成山体裸露、地表风化和大面积的水土流失。于是，当遭遇1998年异样的超长时间降水时，一场席卷了大半个中国的洪水不可逆转地爆发了。长江沿岸的田野、山乡、城市和人家转瞬之间淹没在滔天的黄水里，数不清的人流离失所，同样数不清的人在洪水中失去生命。

2002年，孕育了灿烂辉煌的华夏文化养育了勤劳勇敢的中华民族，对所有中国人都有着非凡意义的母亲河——黄河——断流了。黄色的泥沙淤积在河床上，慢慢地变干龟裂。同时干枯的还有两岸的庄稼。

在黄土高原上，又是一个村子的水井枯了。全村几十户人家没有了饮水，地里的庄稼也日渐地萎蔫。为了挑水，人们需要走上几里甚至几十里的路，可是最后也只能得到浑浊的黄水。放一晚上，沉淀出半桶的泥沙。

中国西北地区，一片片过去肥沃的土地不断地被沙漠所侵蚀。到处是漫漫黄沙。没有水，无法种植庄稼，只有骆驼草和胡杨干瘦的枝条显示着这片土地还保存着一丝生机。春秋两季，狂风肆虐，卷起漫天沙尘，遮天蔽日，让整个西北和大半个华北在狂风中颤抖。其中，就有我们繁华而现代的首都北京。

林立的烟囱、成吨的废水、轰鸣的汽车马达和阵阵的汽车尾气、只剩下木桩的森林、被浓稠的原油覆盖的海面、不断沙化的土地、干枯的河床、泛滥的洪水、以惊人的速度锐减的物种……这就是我们生息繁衍的家园，这就是在我们手中变得满目疮痍的自然。想象一下，几百年后，我们的子孙们只能捧着书本，从图片上去认识蓝天白云青山绿水，从他们的窗户望出去，黑色的天空黑色的水，地上只剩一片尘沙，那是何等可怕的场景，那是怎样的一个噩梦，那是多么沉重的罪孽，你我都无力承担。

这或许有一些夸张，但绝对不是杞人忧天。

"不违农时，谷不可胜食也；数罟不入洿池，鱼鳖不可胜食也；斧斤以时入山林，材木不可胜用也。"这种千百年前的古人都能够明了的道理，为什么到了科学昌明、经济发达的现在，自诩为文明的我们，反而不懂得休养生息，与自然和谐共处的重要性了呢？

那些经年累月地在竭泽而渔、焚林而猎的人，他们究竟是不知这其中的利害所以肆无忌惮呢，还是明知故犯，却有恃无恐仍然唯利是图呢？个中根由着实让人费解。

朋友，到漠河来看雪吧！漠河的雪会给你启迪。

北方有条胭脂沟

在我们这个拥有 5000 多年文明史的华夏古国，几乎每一片土地都发生过美丽动人或者悲伤感人的故事。而大凡是和女人有牵连的故事，更是悲与欢、生与死、情与仇、爱与恨相织，轰轰烈烈，惊天动地。不知你是否注意到，那些发生与女人相关的古老故事的地方，在当时那个朝代或者说那个时期，又都是比较繁荣昌盛的地方。南京的秦淮河可以说是一个典型。十里秦淮河，十里灯红酒绿，飘着多少女人的悲欢故事，有的被搬上了舞台、电视荧屏，至今仍在华夏大地广为流传。著名的有明末秦淮名妓李香君与被称为"归德才子"的侯方域。二人的故事曾被编为电影《桃花扇》。而位于中国最北极的漠河的胭脂沟，尽管没有秦淮河名声大，但也堪称又一个典型。

漠河位于中国最北端，从远古有大兴安岭时起，就有了漠河。

所以，漠河的历史悠远。漠河境内有举世闻名的黑龙江，有气势恢宏的大界江、有国内罕见的大冰雪，还有苍茫无际的大森林。由于漠河地处中国北极，一年之中冬季达六七个月，属于高寒地区，人烟稀少。古时只有少数以游猎为生的鄂伦春人。而漠河的胭脂沟，原来是漠河境内阿木尔河的一个小支流，被当地人称之为老沟。千百年来，这条小河默默地流着，两岸尽是荒凉的山、荒凉的林、荒凉的田。如果不是当地的鄂伦春人发现了老沟里埋藏着黄金，也许这条老沟还会世世代代默默无闻。当我站在这条老沟前，突然想到，如果老沟能够向世人表达它的思想感情，它一定会向人类诉说，宁可永远默默无闻，也不想遍体鳞伤。是的，漠河境内有大大小小河流数以百计，像老沟这样载入史册的不多，像老沟这样体无完肤的也不多。

史书记载，到了19世纪后期，鄂伦春游猎人在老沟发现了黄金。这条老沟的身价顷刻之间上涨了百倍。老沟也从此有了一个新的名字，叫老金沟。顾名思义，老金沟还可以理解，就是有黄金的沟。至于为什么叫胭脂沟，有两种说法，各有道理，不妨都留存于此，一一探讨。

有一种比较流行的说法是：胭脂沟的名字为清代皇太后慈禧所赐。

传说老金沟发现黄金后，淘金者蜂拥而至，尤其是与漠河一江之隔的沙俄强盗，更是越过江界而来，在这里盗采了大量的黄金。沙俄人把在漠河盗采的黄金用于与西方国家的商人交

换商品。西方国家的商人对出自漠河的黄金进行了检验，证明
其纯度很高，世上罕见。

于是，漠河黄金不胫而走，扬名五洲四海。而黄金焕发出
的诱惑力是惊人的。此后，不少人不畏严寒，也无视这里恶劣
的生存条件，冒死来到了这里，疯狂地盗采黄金。沙俄强盗尤
其疯狂，不断得寸进尺，扩大地盘，把一桶桶黄金盗为己有。
当地人为了保护黄金，同俄罗斯人多次交战。清政府也曾动用
武力驱赶，老金沟因此而变得血雨腥风，但枪林弹雨仍然阻挡
不了盗采者的步伐，尽管已经有人葬身深山，但是后来者还是
前仆后继，一往无前。

1887 年，清政府采纳北洋大臣李鸿章和张之洞的建议，委
派吉林候补道李金镛任漠河总办，赴漠河老沟创办了当时中国
的最大的一个金矿——漠河金矿。李金镛开办金矿后，每年都
要向朝中进贡黄金。而清政府那时已是十分腐败。虽然漠河金
矿送上的黄金，经过各级官吏们的层层克扣，到了朝中，只剩
下能为慈禧和后宫换点胭脂用的了。但是这却使在国疲民穷之
时仍然不忘穷奢极欲的清末统治者欣喜若狂。慈禧太后因为漠
河金矿生产的黄金能满足后宫之用，高兴之余，于是赐名漠河
老沟为胭脂沟。

对于这一种说法，不少人比较信服。也许有朝廷的恩赐，
身份就明、身价就高。直到现在，国人中这种观念依旧根深蒂固。
一些企业，热衷于找领导人题词，好像有了领导的墨迹，企业

就可以身价百倍。就是一些大大小小的饭店，也喜欢挂上本店经理或者说厨师与某某领导合影的照片，仿佛有了这样的合影，饭菜味道就更美。但是，我对胭脂沟来历的这一种说法存有怀疑。其实，这是对老金沟的蔑视之意。你想，朝中既委了官，又派了兵，到头来只能收到点胭脂钱的黄金，岂有不蔑视之理。

还有一种说法是：从老沟发现了黄金，沙俄强盗就开始染指。沙俄人带来了一些妓女。后来，李金镛受命开办漠河金矿，所带的兵勇和采金工人，大都是一些被清政府判了死刑的囚犯。为了让他们能够在气候严寒、环境恶劣的漠河驻扎，李也从一些城市选了一批妓女。俄罗斯、日本、朝鲜和中国北方一些大城市的职业妓女也纷至沓来。据史料记载，漠河老金沟在开采旺盛时期，工人近万人，妓院也达到了高潮，最多时有30多家，拥有千名妓女。胭脂沟沿岸可谓妓院林立，因此而名副其实地沾上了脂粉气。

黄金、脂粉总是无法分割的。在统治者的眼里，胭脂沟是用来换取脂粉的宝库，但是对于胭脂沟的人来说，这是一条充满了悲欢离合、爱恨情仇，但又生活得实实在在的生命之沟。那些随着李金镛来的死亡囚犯还有大量的冒险家，无一例外几乎都是孤身一人到老沟来，有的死囚犯自知老沟是其生命的终点。妓女的到来，在很大程度上给他们带来了精神的慰藉和生理的需求。可以想见，当年的胭脂沟夜夜笙箫的场景，一个个背井离乡的男人们在苍茫的暮色之中，抬头四顾，只能看到黑乎乎的森林的影子和胭脂沟旁闪烁的灯火，孤独、疲惫的男人们只能到妓女那里寻找安慰。

畸形的生活必然会催生畸形的情感和社会文化，当年发生在胭脂沟的情感故事已经无法考证。但是可以肯定，在这里，离合是避免不了的，生死也是避免不了的，人与人之间的感情的千变万化也是避免不了的，所以，爱恨情仇，悲欢离合的故事肯定在这里不断演绎。令人深感遗憾的是，胭脂沟的妓女里没有李香君那样国色天香、技压群芳的一代佳人，而胭脂沟的男人也没有大文学家侯方域那样的才子，因此，胭脂沟没有产生秦淮河那样名传千古的男人与女人的悲欢离合、生生死死的爱情故事。但是，胭脂沟的妓女在这里并没有受到歧视，这从史料中可以看出来。相反，矿工或者士兵们是非常尊重妓女的。沿沟的胭脂粉楼是他们精神的栖息之地，这些矿工们和士兵们比世俗中的人多一份真挚，多一份质朴；这里的妓女们也比山外烟花之地的妓女们少一份势利，少一份世俗。在艰苦卓绝的生存环境中，矿工、士兵与妓女之间的人性化的关怀得到了最好的体现，使得他们已经不完全是一种交易，而是一种建立在生存的基础上的生命支撑。生活在这里的妓女们，生前得到了大家的宠幸，死后也受到了男人们的尊重，她们被集中埋葬在妓女坟中，四时都会有人祭奠。相对而说，她们少了一份沉重的感情负担，活得真实而轻松。

与秦淮河的妓女们相比，胭脂沟的妓女们少了一份才气与灵气，但是多了一份真诚与质朴。与一般的青楼女子相比，胭脂沟的妓女们则多了一种内涵。这种内涵酝酿了胭脂沟文化，这种文化中闪光的就在于人性。

今天，当我们踏上胭脂沟两岸的水泥路时，我们已经很难找到当年的胭脂沟的影子了。只不过在乡老中间，有关胭脂沟的故事还是有所流传。也许再过几十年或者上百年，这种流传会比今天更稀少甚至完全消失。

但是，随着时间的推移，将会有越来越多的人，同我一样宁愿相信关于胭脂沟的第二种传说。

北极村实话

前些年，我曾拜读过作家迟子建的《北极村童话》，从文章中得知，在遥远的北国边陲，有那么一个美丽、迷人的村落。我的童年，有相当一部分时间是在皖北故乡一个小镇度过的，那里朴实单纯却又热情美好的风土人情，在我的心里留下了非常深刻的烙印。因此，在看了《北极村童话》后，我对那带给了迟子建美好童年回忆的北极村，产生了非常强烈的向往。

当年那个曾系着我童年稚气的皖北小镇，我已经记不清楚它的全貌了。它留在我记忆中的部分，也越来越模糊。然而不知为什么，越是模糊，就越感到美丽。这可能与记忆是思想的一部分有关吧。迟子建笔下淳朴却又带着梦幻色彩的北国村落，究竟能够有多么美丽，这是我在去往漠河的路上一直在思考的问题。

　　到漠河村的时候，是上午 10 点过后。当天并没有下雪，甚至还有微薄的阳光。这样微薄的冬日的阳光，虽然不能给我们的身体带来些许暖意，可是还是让我的心情格外的开朗。能够阳光灿烂，总是好事。

　　我们坐在车上，缓缓地穿过北极村。这是一个依偎在黑龙江畔的小村镇。也是中国最北部的地区，被称为"神州北极"。村子外有大片的樟子松林和塔松林，苍翠的林木掩映着这小小的村落。远处，是雄伟的大兴安岭山脉；近处，是冰封的黑龙江雪龙。如果按中国传统的风水来看，这里汇集了山水之灵气，算得上是块风水宝地。

　　北极村很大，大得让人有些惊叹。在沿黑龙江辽阔的一大片土地上，零散地分布着一些人家。这里的建筑很有特色，几乎都是全木质结构，屋顶是大大的斜面，一个四方形的屋体上顶着斜度很大的屋顶，这样的建筑颇有些欧式风格。不过，这种倾斜度大的屋顶，也是有着实用性的考虑吧，可以减轻屋顶积雪的压力，更可以比较好地排水。一冬过去，屋顶上的积雪融化，那水量怕是不小，要是没有一个排水功能良好的斜面，积水长期滞留屋顶上，时间一长肯定导致屋顶被腐蚀漏水。这倒是一个非常巧妙的设计，既美观又实用。屋顶上一般都竖着直直的烟囱。有的很平静地只是在那里竖着，有的则冒着袅袅青烟。熟悉北方农村的人都会知道，烟囱冒着烟，就表示那家人现在正在家，火炕烧得热乎着呢。我很久没有住过有火炕的屋子了。只有很遥远的记忆中还残留着一丝模糊的印象。看到这丝丝缕缕的青烟，倒有些羡慕起住在那些屋子里坐在火炕上的人来。想来，应该是很惬意的。

与几乎所有北方村镇的人家一样，北极村的人家屋门上或窗台边挂着老玉米、大蒜还有鱼干。这些本是屋主们贮藏的食物，但又总会给屋子带来一种极富特色的装饰效果。至少我非常喜欢这些生活气息浓厚的"装饰物"，每次见到，都会引发我对童年生活的怀念，对宁静而安适的田园生活的向往。所以，一见到北极村人家门上挂着这些东西，我立马感到非常亲切，内心深处隐隐生发出一种回家的感觉。尤其是看到有的人家门前挂着一串串晒干了的红辣椒，在冰天雪地中如同火炬，更让我生出几分诗情。

这里的家家户户都在屋外用木栅栏围着院子。与院外，甚至是院内的屋舍都不相干，院子本身自成一个小天地。有的人家院子里种着树和花草；有的人家院子里架起棚子，棚子里满满地堆放着柴火；有的人家院子里还围出了圈，里面养着奶牛、马；还有的住家院子里搭着蔬菜大棚，种植过去漠河当地人根本闻所未闻、见所未见的南方菜蔬。在村子的最北端，紧靠着黑龙江，有一家被称为"中国最北之家"的饭店，兼营餐饮业和住宿。这家饭店现在已经是北极村一处极有名的去处了，远道而来的观光客们大多会到那里吃顿饭留个影什么的，风光不下村外江边的神州北极碑。行走在村子里，路边和人家门口随处可见冰雕和雪塑，或精致或稚拙，但都显得很是可爱，常常将我们的眼光一把抓住就不放。

也许是我们来的时候正赶上中午，村子里四下并没有什么人在活动。安静的空气笼罩着整个村庄，我们似乎都能听到屋檐上的积雪融化的声音。这一切似乎有点太过于安详了。想起村外那条于崇山峻岭间飞腾跳荡的巨龙，想起那苍莽辽阔的森林，想起那广漠无垠的原野，想起村外那些壮阔的风景雄浑的气势，不由得让人有一种奇妙的失衡的感觉。怎么会有如此的落差呢，这明明是同一个地方的。

正在犹疑的时候，前面有几户人家紧闭的屋门打开了。几个孩子蹦蹦跳跳地从屋里跑出来，大声笑闹着，将村子里几乎凝固住的寂静彻底地打破。孩子们身穿彩色的冬衣，他们嬉戏打闹时发出来的欢笑声、抱怨声甚至是争吵声，都给这个白色的世界增添了明亮的色彩。间或地，有大人从屋内探出身子来，呵斥几句，让孩子们小心，不要闹出事故来。不过看他们脸上带着的笑意，多半也不是很认真地在责备孩子们。毕竟，人人都有过那样的黄金年代，那最值得珍惜的宝贵童年。仿佛就是这一瞬间，仿佛所有的声音都跑出来凑热闹了，整个村子仿佛就活过来一样，焕发出另一种风情。虽然屋外仍然只有那么几个孩童在嬉戏，你却仿佛能够听到砧板菜刀锅碗瓢盆碰撞时发出的声音，听到灶下柴火燃烧发出的噼啪的声音，听到火上的水咕嘟咕嘟翻滚的声音，听到围坐在火炕上人们谈天说地的笑声与争论声，听到他们嗑瓜子的声音，听到埋在地下的种子在土地里呼吸的声音，听到冰面下的河水汩汩流淌的声音，听到春天接近的脚步声，还有人们心中怦怦跳动着满怀对未来憧憬和对幸福的向往的热切的心跳声……

原来，这才是北极村真正的声音。掩盖在安静和祥和之下的热切和激情，鼓荡的生命的呼喊和冲动，勃发的生机和希望，这才是北极村的真实形貌啊！

北极村里有一个邮电所，这是中国最北的一家邮电所。朋友带着我，到了这家邮电所，用印有"神州北极"标志的信封，给北京的朋友和家人发了几封信。

不需要用大声的呼号来彰显自己的活力，不需要用拥挤的人群喧嚣的气氛来证明自己的激情，北极村自然地平和安静着，但是在这安详中自然地散发着洋溢着带有野性气息的生机和活力。就像最为炙烈的火焰，反而是接近无色的淡蓝色一样，真正的激情和活力，只会是蕴含在沉静和祥和的气息中。只有到过北极村的人，才能知道这种独特的激情，奇特的安详。只有到过北极村的人，才能感受到这种特殊的空气，才能明白什么是"大音希声，大象无形"。也只有这种毫不张扬却又强劲有力的氛围，才配得起那高山大川雄伟壮阔的气势和胸怀，配得起神州北极的神秘与独特，配得起北极村人蒸腾的生命、激荡的青春。

这就是美丽而实在的北极村。

北陲哨兵

我们从"中国最北之家"出来后，沿着黑龙江边的公路，驱车前往驻边防哨所，做一次短暂的参观访问。

哨所建在黑龙江边，离北极村的村子特别近。在几百米外，就是当地的集市，正逢赶场的日子，集市上人来人往，热闹非常。

比起周边那一座座色彩艳丽、式样繁多的建筑，哨所清一色的金黄色显得有些单调，而比起附近集市的繁华喧嚷，哨所又显得有些冷清。然而，哨所的威严、哨所的正气、哨所的雄壮、哨所的坚强，透过哨所高高的瞭望塔上庄严的"八一"军徽，以及哨所前鲜艳的五星红旗，像光一样迸发出来，让人油然而生一种自豪感和安全感。正是因为有了安全感和自豪感，北极村的人们才安居乐业，漠河才呈现出繁荣景象。

哨所的瞭望塔沿江而立，依天而矗，气势恢宏。毕竟是严寒季节，瞭望塔上的风一定更强劲更凛冽，寒流也一定更嚣张更残忍。但是，我们看到的站在瞭望塔上的值勤哨兵，却精神抖擞，十分英武，仿佛大兴安岭上的樟子松，让人从心中生出敬意。朋友拉我在哨所前留影时，我犹豫了一下，拒绝了。我不想让那座高大、威严的瞭望塔和神圣、威武的哨兵当作我的背景。与之相比，我觉得自己显得太渺小。

站在高高的塔顶，俯瞰黑龙江，冰封的黑龙江如一条长龙在蓝色的崇山峻岭间蜿蜒起伏，仿佛一条欲腾空而起的银色巨龙，两岸一望无际的林海雪原，以及炊烟飘荡的村庄，犹如一幅精心描绘的图画，让人如醉如痴。这样波澜壮阔的景色，在其他地方是很难见到的。

突然，一片黑色的山林出现在我的眼底。我马上就想到来的路上，曾经见到的1987年"5·6"大火留下的焦土和乌黑的树桩，由此又想到大兴安岭不断递减的植被覆盖率，想到由于水土流失严重而爆发百年不遇特大洪水的黑龙江、松花江和嫩江，不由得心生感慨。需要花多少时间，我们才能将大兴安岭受到的伤害一一补救完成呢，以后我们又应该如何积极有效地保护大兴安岭的植被，保护这里的生态环境呢？这是我们每一个关心大兴安岭，关心东北、华北乃至整个中华民族的人都应该积极思索的。

从哨所出来，正好看到几位战士驾着雪上巡逻车回来了。这种巡逻车造型和构造都很独特，近似于雪橇，只是不是用人

力而是用内燃机驱动而已。平滑的双轨，使得它可以顺利地在雪地和冰面上行驶，可以说是最合适在冬天的大兴安岭使用的交通工具之一了。朋友见之心喜，频频要求试一把。在战士们的指点下，他跨上巡逻车，发动马达，准备出发。可惜技术不到家，无论他如何努力，巡逻车始终无法正常行驶，不停地在原地转动，就是不往前进。无奈，他只好放弃了。看着换班的战士骑着巡逻车在江面上飞驰而去，也只得望车兴叹了。想起之前听朋友说起过，过去这里哨所巡逻都是靠骑着马在江面上来回奔走穿行，对比一下现在这先进的巡逻车，不得不感叹，这些年来，我们的国防力量有了太大的发展。

离开哨所，我们又来到军营。让我惊叹不已的是，在北疆边陲竟然有这样一座现代化的军营。军营的院子很大，也很整洁，几乎一尘不染。士兵的宿舍空间相当高，采光很好，通透而明亮，电脑、电视、健身器材等各种设施相当齐全。一层的食堂，空间极其开阔，窗明几净，桌椅摆放得甚为整齐，光线照上去，亮亮的一片。一位地方领导告诉我，现在战士们每日三餐的原料，除了调味品是采购回来的，其余所有蔬菜和肉类都是他们自己生产的。部队的战士来自四面八方，各种各样的人才也应有尽有，业余时间，战士们自己动手，种菜种粮。部队的蔬菜大棚里面，大江南北、长城内外常见的蔬菜、瓜果，都前来落户，就是寒冬时节，大棚里也是绿意浓郁，蔬菜鲜嫩。部队和地方开展军民共建活动，不少战士帮助老乡种植大棚菜，让当地居民不仅在冬季能吃到新鲜的蔬菜，还改善了当地产业结构，增加了群众的收入。炊事班的战士们养了二三十头的大肥猪和鸡鸭等家禽，保证了部队的肉食品供应。哨所现在在物资上已经基本实现了自给自足。

营房里还辟有军营文化场地，壁报上贴满了战士们的作品，有诗歌、散文、绘画、书法、摄影……看得出每一幅作品都花了很多心思，倾注了战士们的心血和激情，真实而深刻地反映了他们的思想和精神。在军史陈列室里，展示着哨所的历史和曾经获得过的各种荣誉。里面有翔实的文字资料和图片资料，经过精心的组织和布置，每一个环节，每一件大小事情都有合适的介绍，看完之后，能够对哨所自成立以来的历史有一个比较全面的了解，对士兵们的英勇坚忍有更深刻的认识。其中有好几幅照片令我们印象深刻。一部分是在"5·6"特大森林火灾中，哨所官兵们支援抢险，与接天的大火奋勇搏斗的壮烈场景；另一部分是1998年黑龙江发生特大洪水时，官兵们驾着冲锋舟在江中巡逻救助遇难人员的英勇画面。那都是在拿性命搏斗啊！你让我们怎么能够不称呼他们为最可爱的人呢？他们是如此的善良勇敢，为了国家和人民的利益，甘愿奉献他们的青春、热血和生命啊！所以，当我们在陈列室的其中一面墙上，看到悬挂了满满一墙的各级领导给哨所的题词祝愿时，没有一个人感到惊讶和诧异。这里的每一幅题词，都表达了党和政府对这些驻守在我国北疆的英雄儿女们的浓厚感情和深深谢意。每一幅都是发自内心的赞美,都是最真诚的祝愿。没有人会因此而不平,没有人有资格去嫉妒他们。因为,他们比谁都有资格得到这些祝愿,他们配得上任何赞誉和奖赏。

为了保证下午的行程,我们不得不在下午接近 4 点钟的时候离开了哨所。没有能够留在那里和战士们一起共用晚餐,品尝他们自产自销的美味佳肴。不过我已经接受了他们的邀请,在将来可能的时候,再次到这里参观。我想,那时候的哨所,一定又和今天大不一样了。可能,唯一不会改变的,是那些边防战士的崇高精神,那种善良勇敢、为国为民不怕苦不怕累不怕牺牲的精神。我深深地祝福他们,祝福这些最可爱的人。

被锁定的日子

漠河有一座"5·6"特大森林火灾纪念馆。大凡到过漠河参观或者旅游的人，都要到这座纪念馆看一看，看后，又都会不约而同地感到心灵受到震撼，受到启迪。

走进纪念馆大门，首先映入眼帘的是一页放大的日历。这恐怕是世界上绝无仅有的日历，它是用树木为材料做成的，有半面墙壁那样硕大。日历上显示的日期是 1987 年 5 月 6 日。

这是一个被永远锁定了的日子。这一天不仅是大兴安岭人刻骨铭心的日子，也是全中国人永远难忘的日子。站在这幅巨大的日历前，你内心深处不能不有一种沉重感。

据漠河的朋友介绍，这座火灾纪念馆是在 1988 年 10 月建成并正式对外开放的。纪念馆占地面积 2700 平方米，建筑面积 1078.18 平方米，一共有 4 个展厅：第一个展厅展示的是火灾的

起因，第二个展厅展示的是扑火作战的战场，第三个展厅展示的是火灾后重建家园的情景，第四个展厅展示的是大兴安岭人励精图治，建设现代兴安的壮举。馆内陈列着上百件实物，近500幅火灾图片，还有40多件重要的文件资料。馆内还有一个可以容纳190人的播放厅，可以现场向观众播放1987年5月6日森林火灾的真实情形。现在，这里已经被黑龙江团省委、文管会、民政厅命名为省级青少年教育基地。每年都要接待上万人次的中外游客。在参观留言簿上，我看到了很多人的留言，几乎都表达一个意愿：保护美丽的大森林，保护我们美好的家园。

走进第一展厅，那一幅幅灾难性的照片，配之以女讲解员如泣如诉的声音，让我的心一下子变得沉重起来。

灾难发生在1987年春季。由于工业革命给自然环境带来了严重的破坏，全球出现了厄尔尼诺现象，贝加尔湖暖脊东移形成燥热的大气环流，造成大兴安岭林区异常干旱。火灾隐患非常严重。5月6日，盲目流入漠河的几名外地人，在清林作业中违反操作规程使用已经开始漏油的割灌机，机油就这样洒落在地上，几个工人又在野外违规吸烟。不经意间，烟头点着了留有油渍的枯草，于是，一场人为大火开始在漠河西林吉林业局河湾、古莲林场和阿木尔林业局兴安、依西林场等四地燃烧起来。

从照片上和录像中可以看出，熊熊燃烧的烈焰铺天盖地，火光映红了半边天空。那种气势，那种情景，让人不寒而栗。

就在那同一天内，塔河县境内的塔河林业局盘古林业公司也发生了一场山火。

在大兴安岭，火情是压倒一切的任务。在火情发生以后，林区的干部群众、森林消防工作人员，全力以赴，上山扑打。经过一天一夜的奋战，5起山火的明火于7日清晨全部被扑灭，火情得到了有效的控制。5月7日上午，各火场扑火队员开始分段清理余火。但是，到12时25分左右，天气突变，刮起了8级以上大风，河湾和古莲两处火场死灰复燃，火苗迅速腾空而起，烈焰冲天，以每秒钟十几米的速度，迅速蔓延。火舌从地面卷上树梢，蹿起的火头高达上百米。火借风势，迅速翻山越岭，在大兴安岭的深山老林里疯狂地燃烧起来，终于形成了一场人力不可遏制的森林大火。

没见过森林大火的人根本无法想象火的狂暴和火的威力。一旦燃烧起来的森林大火，加上风的相助，真正是排山倒海，所向披靡。不要说在火灾现场，即使看那些照片和录像，我都会感到烈火无情的惊心动魄。当天下午6时40分，一个大火龙飞越百米宽的大林河，烧到漠河北郊的西林吉贮木场，顷刻间，漠河县城葬身火海之中。晚上8时10分，大火又烧到了距西林吉正东9公里的育英镇，10分钟后育英镇便陷入一片火海，一个小时后，位于育英东面的图强镇被大火吞噬。火势越来越猛，朝多个方向蔓延，仅3个小时，图强与其东邻的劲涛镇被烧成一片废墟。

当日晚上，塔河县盘古山火烧毁了塔河林业局的盘中和马林两个林场。铁路交通和通信全部中断，各种物资食品和绝大部分建筑化为灰烬。

照片和录像中的大火，像一群凶暴的猛兽，扑向森林，扑向城镇，扑向人群，一片片高大的森林在大火中悲壮消失，一座座美丽的房屋在大火中轰然倒下，一个个鲜活的生命在大火中无声逝去。那些场面，那些情景，让人惨不忍睹。

国家气象局的职工在观测卫星气象云图的时候发现了这场大火，大兴安岭地委、行署和林管局的领导在准确得知爆发了特大森林火灾后，立即向上级部门报告灾情并请求援助。面对突如其来的大火，袭来的危难，林区的各级党政企领导，积极组织群众抢险救灾，许多共产党员、干部和群众，冒着生命的危险，奋不顾身地投入国家财产和遇难群众的抢救工作中。

一方有难，八方来援。全国各地乃至全世界各国都向大兴安岭伸出了援助之手。地方政府与军队分别在 5 月 7 日到 6 月 3 日之间，迅速向大兴安岭派遣医护人员 177 名，防疫人员 43 名，在灾区设立了 9 个"野战医院"，又在大庆、齐齐哈尔和加格达奇设置了 3 个后方医院，抢救了 13500 多名灾民。

国务院、中央军委要求大兴安岭扑火救灾前线总指挥部"不准冻死一个人，也不准饿死一个人"，时任国务院领导到大兴安岭视察灾情，督导救灾工作。全国捐献人民币 7659182 元，粮票 6209602 斤，各种衣物 1691814 件，猪肉 30 吨，炊具 8776 件。联邦德国、日本、加拿大、英国、意大利、新西兰、澳大利亚、捷克斯洛伐克、法国、美国，联合国世界粮食计划署、联合国开发计划署、联合国粮农组织、联合国救灾协调专员办事处、联合国儿童基金会、世界卫生组织、欧洲共同体委员会，民主德国、联邦德国、美国、日本、瑞典、挪威、英国、芬兰、意大利、苏联、法国等国家的红十字会，一些驻华大使馆、外国企业驻京办事处和外国专家等都提供了物资和资金援助。各国援助灾区生产工具 7995 台（件），药品 13630 箱（盒），食品 58454 件（箱），生活用品 59362 箱（件），货币 702903.79 美元。援助项目，折合 4134408 美元。

将近 60000 多人投入大兴安岭特大森林火灾的扑救工作中。空军、陆军、森警、消防干警和专业扑火人员成批成批地赴赴大兴安岭火灾现场。空军、民航出动飞机 1500 多架次，配合气象部门对大兴安岭进行人工降雨。那一段时间，全国人民在电视机前，看到了大兴安岭扑火的生死搏斗场面，看到了在大火中奔波的一个"大胡子"师长和他的士兵们。他们的形象，他们的行为，感人肺腑，催人泪下。

就在这样庞大的救火队伍的努力下，大兴安岭的山火仍然足足燃烧了一个多月。屏幕中的熊熊大火和解说员的解说词摄人魂魄，火灾现场悲惨的场面让人惨不忍睹！到处都是惊慌失措的人们，到处都是惨绝人寰的悲号，人的生命在森林大火中显得特别脆弱和渺小。火光升腾，映红了大兴安岭地区的天空，使得周围就像烧红的炉子一样令人窒息。火魔吞噬森林和建筑的速度极其迅速，转眼之间，树林、房屋全部葬身火海。这场大火给国家和人民造成了巨大的损失，各种直接的经济损失达到 5 亿多元，受灾居民 1 万多户，灾民 5 万余人；211 人丧生；266 人烧伤；各项生产建设遭到严重破坏。损失固定资产 16933.4 万元，其中全民投资为 16002.1 万元；集体自筹投资931.3 万元。

火灾给人的教训是惨重的。灾后，中共大兴安岭地委、行署、林管局将 5 月 6 日定为全区反思纪念日。此后每年的 5 月 6 日，全区人民都会以会议、游行、文艺演出等各种方式，自觉开展反思纪念活动，牢记"5·6"火灾的沉痛教训，确保大兴安岭林区资源的安全，不忘党和国家的关怀和人民子弟兵的深情厚

谊。林区政府连年投入巨资，加强森林防火系统的建设和维护，森林警察和消防人员为了保障森林和林区人民的生命财产的安全日夜操劳，鞠躬尽瘁。

火灾过去，遍地灰烬，万籁俱寂！大火后的森林空旷旷的，显得格外阴森恐怖。此情此景，让人终生难忘！也让我们每一个到过大兴安岭"5·6"特大森林火灾纪念馆的人心里久久不能平静。

冰雪覆盖的黑龙江

山不在高，有仙则名；水不在深，有龙则灵。这是国人浪漫的天性，超凡的想象力。千百年来，国人总是习惯于把周围的山山水水与虚无缥缈的神仙鬼怪牵连在一起，仿佛不如此不足以证明山的雄伟，水的美丽。久而久之，在国人的观念里，形成了这么一个模式：没有神仙的山，不是真正意义上的山；没有蛟龙的水，称不上秀水。因而，在辽阔的国土上，随便一座山包都有一种关于神的传说，随便一条河水都仿佛孕育过蛟龙。

对国人而言，龙是一个很特殊的存在。它强大而神威，举动即可祸福一方。它的身上倾注了中国人千百年来对力量的追求和向往，它的一举一动都折射出芸芸众生的行止，它是中国人的图腾，是中国人鲜活滚烫的生命的象征。

因此，每一个看似单纯的龙的故事，其背后都隐含着一个人的故事。那是那一片山乡的人们的故事，平凡，单纯，而伟大。

到黑龙江之前，我就知道了黑龙江的传说。

黑水里的龙，没有显赫的威名和凛然的美丽，它是一条被人类舅父砍秃了尾巴的衰龙，自称秃尾巴老李。它由人类所孕育，却又被大多数人类所恐惧、厌弃和伤害。然而它并没有像任何传说中的龙神一样，以惩罚这一干冒犯它威严的民众来彰显它的神力，它选择了悄然离开。它从山东老家乘着云雾一直去到东海，栖息在烟波浩渺的东海里。可是，它并没有就此放弃伤害了它的人类。当它听到遥远的北方，万物生灵在一条恶龙的淫威之下悲泣，它义无反顾地离开了东海，来到这个陌生的地方，它与白龙殊死一战，终于为这方土地上苦难的生命们扫除了邪恶，带来了和平和生机。然后，秃尾巴老李留在了这里，白龙江也改名为黑龙江。

这是关于黑龙江的一个动人心魄的故事。

从山东远道而来的秃尾巴老李，解救了被邪恶的白龙统治的生灵；从山东乃至更远的地方来的人，与常年挣扎在这条黑水边的当地人一起拼搏奋斗，战胜自然，战胜外敌，战胜自我，最终营造出大兴安岭如今这一片乐土。

这也是传说，但事实上，黑龙江土地上，有来自四面八方的人，而山东的人最多。有人说在那个地区，遇到三个人中，必有一个是山东人。

在中国的版图上，黑龙江蜿蜒成一条细长的银线，完美地勾勒出雄鸡的鸡冠与颈项。仅仅略短于黄河的长度使它成为我国第三大河。在遥远的北国，黑龙江一路游走，流过俄罗斯、蒙古和我国。黑龙江是我国与俄罗斯的界河，也是现在世界上唯一一条未被污染的界河。它微黑的河水，清澈透亮，一路闪烁着流过了整个大兴安岭。黑龙江有两个主要源头：南源是额尔古纳河，它发源于大兴安岭西侧，分为两支，其中源于大兴安岭西坡的海拉尔河最长；北源是石勒喀河，发源于蒙古人民共和国境内的肯特山麓。南北两源在洛古河村以西8公里处汇合，形成一个丫字形的交汇口，那就是黑龙的龙头。

黑龙江很早就在中国的历史上镌刻下自己的符号。有《山海经》里"西望幽都之山洛水出焉"的记载；在《北史》中，它叫作完水，乌洛侯国"西北有完水，东北流合于难水"；直到金代，它才真正开始被称为黑龙江。

黑水流过大兴安岭，中华先民们自古在此生息繁衍。早在远古时期，这片土地上就留下了人类的足迹。从先秦时期开始，鲜卑族、达斡尔族、鄂伦春族、鄂温克族还有赫哲族的先民，就在大兴安岭这贫瘠而又富饶的土地上过着畜牧迁徙、射猎为业的生活。东汉拓边，唐廷开明，金代繁华，元朝大统，明初鼎盛，晚清败落，民国动荡，几千年的物换星移，朝代更迭，人事变迁，只有黑河水一如既往地流淌。

古老的黑龙，强大的黑龙，奔涌的黑龙，澎湃的黑龙，是它见证了中国的起落兴衰，见证了大兴安岭的宁静和纷争，见证了大兴安岭儿女们慷慨悲壮的奋斗史。是它千百年如一日地给大兴安岭带来肥沃的泥土,为它的儿女们灌溉沿岸的林木庄稼,提供肥美的鱼虾。是它一直默默地守护美丽的大兴安岭,守护生活在这里善良、勇敢、不屈不挠的各族人民。绵长的黑河水啊,有了你,大兴安岭才有了生机和希望。

黑龙江,是我心底一个特殊的情结。

很早我就听过秃尾巴老李的故事,那是一个生气勃勃的故事,满篇洋溢着肆无忌惮的生命,洋溢着中华民族几千年的热血和梦想。我被那些朴实而不加雕琢的词句所迸发出来的激情和热血所深深打动。从那时候起,我就期待着能够去到黑龙江,与这一江豪迈热切的黑水近距离地对话。过去的日子里,我曾经几度与它失之交臂,使我万分遗憾;这次终于能够成行,却又让我难以抑制地紧张。一路上,我的心脏在胸腔里怦怦地跳动,就像我脑海中奔腾咆哮的黑龙江一样,激情万丈。

于是,到了江边,看到被皑皑白雪和厚厚的冰层封印住的沉静宁谧的黑龙江的时候,我是有些诧异的。厚厚的白雪掩盖了天与地的分界线,放眼望去,只见莹白一片,看不见滔天的浪头也听不到震耳欲聋的水声。江边几棵树,披戴着满身冰雪,被微微的日光映着,晶莹剔透的树挂显得益发的莹亮,格外美丽。此时的黑龙江,美丽、安静一如温柔的女性,静静地沉默着,连微笑都是淡淡的。

同行的友人告诉我,现在是黑龙江的封冻期,从每年 11 月

中旬到来年的 4 月，黑龙江都被冰层覆盖着，我想象中的景象，只有等到来年 5 月，冰封期完全过去才能够看到。

你来得不巧了，看不到它汹涌澎湃的丰姿。友人如是说。

我笑笑，这倒不见得。

世间万物生息繁衍，都有个规律在其中。潮起潮落，月盈月缺，四时更迭，万物荣枯，莫不如此。任何的生机勃勃，激昂澎湃，都离不开适时地宁神敛气，休养生息。强大的黑龙，也不能例外。所以，每年的 11 月到来年的 4 月，它一定要休眠。在这 5 个月里，它一直地睡啊睡啊，好好地恢复它这一年份的辛苦和疲倦。在它沉睡的同时，它的儿女和子民们也开始养精蓄锐，蓄势待发。等到下一个春暖花开的季节，黑水的龙神会醒过来。它哗啦啦地一抖身子，冻了一整个冬天的冰就都裂开了，带着整整一个冬天蓄积起来的能量，强健的黑龙又开始了新一轮的奔腾。它的咆哮声唤起了这片土地上所有的生灵，山变青，树吐芽，水里翻滚跳荡着数不清的鱼虾。春耕、春渔，这是一年中最忙碌的时节。大兴安岭的人们也动起来了，山林里，田野间，江面上，到处都看得到他们忙碌的身影。黑龙江又展示出它的淳朴、豪迈、坚强、自信、伟大。

在冰雪覆盖的黑龙江边，朋友自豪地说，目前全中国乃至全世界，恐怕只有我们的黑龙江是唯一没有被污染过的江。我听后笑笑。如果不是长达 100 多天的冰雪覆盖，这个奇迹能产生吗？所以，我理解了江水与冰雪的关系。我更敬佩那纯洁的冰雪。冬季，冰雪像母亲一样，呵护着黑龙江，让它安静地休养。到了春季，冰雪化作水，汇入黑龙江的流水。这是多么无私的胸怀，多么高尚的情操。如果说黑龙江的水有灵性，首先是覆盖在黑龙江上的冰雪有灵性。

到了美丽的 4 月，一切都焕然一新，一切都生机勃勃。汹涌的，不仅仅是解封的黑龙江水，更是这片热土上鲜活滚烫的生命。所有从上一个冬天起就开始期待的、崭新的生命。眼前这片宁静的冰雪，这条沉睡的黑龙，在它们体内，正悄悄孕育着下一个春天，下一次兴旺和勃发。宁静而安详，这正是母亲的力量所在啊。我看到了黑龙江另一张美丽的面孔，我看到了生命力另一种形式的表达，这是我的荣幸和福气，我是来得巧啊。

从江边离开的时候，友人告诉我，在我们刚才驻足的冰面上，举行过"中国北极漠河·黑龙江源头冰雪汽车挑战赛"。听后，我无法抑止地激动和欣喜。那是怎样的一场盛宴啊，那是如何壮丽豪迈的风景。大兴安岭人民的激情与活力，将在这个冬天，绽放出最艳丽的风景。

古老的黑龙，你也将一同体会吧，那寒冬勃发的激情和鼓荡的生命。

李氏祠堂

漠河的朋友告诉我，到漠河必须去看李氏祠堂。

李氏祠堂，是为清朝末年漠河总办李金镛修建的。

在中国广袤的大地上，自古留下的祠堂可谓成千上万座，供奉着形形色色的人物，但多是在百姓中深有影响的人物。比如遍布大江南北的关公祠堂，就是老百姓心中的丰碑。一座祠堂可以说是一座纪念碑。

李金镛字秋亭，江苏无锡人，道光十五年（1835年）生，商人出身，后因捐纳而得一监生。监生即朝廷国子监未毕业者的通称。后来，他加入了李鸿章的淮军，因屡建功勋，受到李鸿章的器重，当了官。据史料记载，李金镛是一个清廉、务实的好官，能力超群，品格不凡。大兴安岭人在漠河的老沟找到黄金的时候，李金镛并不知道自己会千里迢迢到漠河就任，最后死在漠河。老沟的黄金，最初只是当地的鄂伦春人少量地去开采一些。但是，埋藏在老沟里沉寂了几千年的黄金，毕竟闪烁着诱人的光芒。而且黄金的价值，自古都是居高不下。鄂伦春人拿着黄金，越过冰冻的黑龙江，去与一江之隔的沙俄人交换马匹等生活用品。沙俄人贪婪的目光就盯上了漠河。于是，沙俄人开始偷偷地潜入漠河，纠集俄民和华工，在老沟开采黄金。鄂伦春人为了保卫领土、保护老沟的资源，和沙俄盗金者战斗过，由于沙俄侵略者人多且装备较好，失败的是鄂伦春人。后来，清政府也多次派兵前往漠河，驱逐沙俄强盗。但是，漠河严寒的气候，恶劣的生存环境，使官兵们不适应，逃跑者众多。而受黄金诱惑的沙俄人，则十分疯狂，变本加厉。于是，在这块盛产黄金和木材的土地上，战火不断燃烧，北国边陲的安全受到威胁。清政府在北洋大臣李鸿章的竭力促使之下，决定在漠河开办金矿。于是，李鸿章推荐李金镛出任漠河总办。

1887年，李金镛带着队伍踏上了去漠河之路，也踏上了一条不归之路。

那时候大兴安岭只有一条驿道，是康熙年间修筑的。夏天的时候，河道没有结冻，人们可以从黑龙江坐船过来，但是到了冬天，河道被一层厚厚的冰块死死地封锁住了，舟楫不通，人们就只能依靠这条狭窄的驿道进出漠河了。当时，这里除了这条驿道和鄂伦春人的帐篷之外，什么都没有。一年七八个月的风雪，仍然没有冷却人们的热情。但是挺进漠河是一件很艰苦的事情，在这种严寒的大森林里创业生存不是一件容易的事情。因此，不管是进来的汉子们还是进来的女人们都必须得像大兴安岭的樟子松一样能够抵抗严寒，适应漠河恶劣的生存环境，经受得起"神州北极"风雪的考验。

受命之初，漠河连条像样的道路都没有，漠河金矿也连个影子都看不见，大兴安岭仍然只有鄂伦春人在那里生存繁衍。但是李金镛并没有退缩，他"勘道入山，裹粮露宿"，在鄂伦春人的帮助下，披荆斩棘，沿着几乎已经废止了200年的古驿道走进了大森林，在这里开始了艰苦卓绝创办金矿之旅。为了缩短运输路线，保证物资供应，李金镛拨兵修筑由省城齐齐哈尔直达漠河的道路。为了筹备开办金矿的资金，李金镛四处奔走，积极筹备。谁知道原拟筹备20万两银子到最后兑现的只有3万两，万般无奈之下，李金镛只得从黑龙江省借官款3万两，从李鸿章那里借商款10万两，凭着这16万两银子开始在漠河扎下根基。而李金镛当年所带领的兵丁中有不少是充军的囚犯，可见其管理的难度有多大。但是不管怎样艰苦，李金镛并没有丝毫退缩的念头，扎进来了就没有打算再出去的李金镛被当时的人们形象地形容为"一只虎"，但是这位来自江南的"虎"并不是靠暴力来树立自己的虎威的。李金镛是一个亲民务实的好领导，总是在居民中做各种调查，充分吸取居民们的意见，而其为人做事，温和谦恭，与矿工们"絮絮温语，殆如家人父子"，所以颇受居民们拥戴。在李金镛的苦心经营下，漠河金矿源源不断地往外运出了无数的黄金和木材。而且一批批冒险者把这里当作天堂，来了就不愿意出去，很多人埋骨漠河，选择了将这里作为自己灵魂的终点站。冰天雪地之中，挥汗如雨的汉子们，倚门卖笑的妓女使得漠河一时繁荣无比。可以说，李金镛让这块荒无人烟的土地，焕发了英雄的本色和阳刚之气。

李金镛苦心经营，呕心沥血，最后积劳成疾，一个健壮的汉子，仅仅在漠河操劳了6年，竟然落得"患征仲气逆，咳血头晕，夜不成寐"病死在漠河。李金镛的精神感动了朝廷，更感动了他的士兵和漠河人。他们在漠河为李金镛立下祠堂，希望人们能记住他。

李金镛虽然有其民族英雄气节，也是一个体察百姓的好官，但他代表的毕竟是封建王朝的利益。无论他怎么清正廉洁、怎么身先士卒，都有其局限性。今天，更能代表漠河精神的是被誉为"兴安劲松"的王招英。

王招英是1964年随着大开发大军一起进驻大兴安岭的女知青。当时，党中央、国务院决定开发大兴安岭原始森林，8万军民挺进大兴安岭。王招英是第一批到达的。这个来自浙江的知识女性，从第一天到达大兴安岭，就和大兴安岭的命运紧密地衔接在一起。大兴安岭没有路，王招英和她的姐妹们投身到大兴安岭的筑路事业中，组成了女子架桥连，在冰天雪地之中，用肩膀和双手艰难地架建铁路桥梁。为了保护桥墩，有时候这些弱女子甚至要跳到雪水之中，用人体来顶着桥基，等她们上来的时候，浑身已经开始结冰了。初来大兴安岭的时候，人们还没有住的地方，她们并没有因此而耽误筑路事业，在严寒的大兴安岭搭个帐篷安个窝就开始投身到建设工作中去了。半夜的时候，甚至要起床靠跑步取暖。

在这种磨炼中，王招英的意志被磨炼得像铁一样的坚强。

但是，当1987年的特大森林火灾在漠河爆发的时候，时为漠河县主要领导的王招英还是无法接受，辛辛苦苦创建的漠河城在一夜之间化为一片焦土，美丽的家园转眼成灰，200多人葬身火海，这个坚强的女人落泪了。

痛定思痛，大火之后，因为火灾被撤职的王招英毅然走上了重建家园的路。她向上级要求带领建设队伍重建漠河。她和她带领的建设队伍夜以继日，连续奋战，被烧成一片焦土的漠河县城，仅用4个月的时间就重新崛起,而且很快又繁荣起来了。

今天，当我们来到这片热土地的时候，当我们亲临当年的火灾现场的时候，当我们在盛赞祖国北极之巅的伟大与秀美的时候，我们从心底里感激这棵有着本科学历，从苦力做起的"兴安劲松"。今天的漠河人也不会忘记王招英，虽然，再不会有人会为王招英立一个王氏祠堂，但是，王招英的精神已经在大兴安岭上深深地扎下了根。

其实，自古至今，为了民族的复兴，为了人民的利益，为了中华的崛起而倒下的英烈们千千万万，真正能够被供奉在祠堂里的毕竟是少数，更多的则是被后来者供奉在心灵的祠堂上。

　　大兴安岭人把王招英的精神叫作兴安魂，它与北极光一样瑰丽壮观，也和北极光一样令人叹为观止，所以它必然还会像北极光一样永远闪烁！

　　真正的灵魂，是不需要用祠堂供奉的。

妓女坟

在北国漠河被称为胭脂沟的地方，有一片妓女坟。漠河的朋友告诉我，很多到漠河来的游客尤其是文化界人士，到那里看了以后，都会产生一些想法。

妓女，是一个非正当的职业。在中国这个分外强调妇女道德的国家，妓女的地位是相当低下，甚至为人不齿的。妓女的存在就如天上浮云，风过不留痕。然而，就是这些被人们另眼相看的奇异女子，在中国历史上扮演了非常特殊的角色。无论是才子文章，文人墨宝还是民间传奇，稗官野史，甚至是在高高庙堂之上俨然而立的史官们笔下，她们浅浅的背影随处可见。这些柔弱女子用纤长的眉黛、浅淡的胭脂铺陈出一段泛着香气的历史，一种独属于她们自己的文化。

中国的历史很长。很多事情，常常就这样被人们遗忘了。

无论当其发生时，是多么的轰轰烈烈、惊天动地，千百年下来，也只有书中寥寥几笔的记载。更何况，还有许多未能被人经由文字流传下来的人和事。当年再怎么千娇百媚，一曲红绡不知数的名妓，也不过是至多于纸上留几段艳史而已。怕是连尸骨都找不到了。如今，我所知道的妓女墓，为数不多。一个是杭州西子湖畔苏小小墓，一个是河南商丘的李香君墓，再一个就是位于我国北极漠河胭脂沟的妓女坟。

苏小小自然是天下闻名。她的一生几乎就是一部跌宕起伏的戏剧。她美丽聪慧，艳名四播。她又很多情。她救助了一个落难的书生，然后爱上了他，还为他写下"妾乘油壁车，郎骑青骢马。何处结同心，西陵松柏下"的诗句。她资助书生上京赴考，书生一去不回，她只付之一笑。最后，她在19岁的花季年华时辞世，留下一段美好得近乎梦幻的故事供后人追思。她倾倒了所有人。以至于在百余年后，还有两位著名的诗人为她写下诗篇。这两个诗人，一个是白居易，一个是李贺。李香君与豫东才子侯方域的故事，也是传诵了百年，并被后人改编为电影《桃花扇》。我在河南商丘工作时，曾陪客人去看过李香君墓。记得当地一位研究历史的文化人，还声情并茂地向我们讲述了侯方域与李香君的爱情故事。当地的有关招商引资的画册上，也赫然印着李香君墓。

苏小小也好，李香君也好，她们太遥远也太美好，像一个故事，一个童话。是甜的，但不是真的。就像她们的墓，现在是供人瞻仰的名胜古迹，是风景，而不是供人哀悼、怀念的墓地。

胭脂沟的妓女坟就不一样了。那是一块真正的墓地，那里埋葬着几百个连姓名出身都不可考的烟花女子。她们没有留下多少牵扯人心的故事。但是，每年清明时节，墓地四周都有人摆放祭品和香火。

妓女坟在漠河的胭脂沟。有了出金子的胭脂沟，才会有一大群淘金汉子蜂拥而来。而有了一大群淘金汉子，才有纷至沓来的妓女。毫无疑问，这些女子，也是来淘金的，只不过淘的是男人们口袋里的金钱。所以，没有胭脂沟，就没有妓女坟，没有妓女坟，胭脂沟也就不成其为胭脂沟了。这二者，本就是

互为表里，相互关联的。自然，到了胭脂沟，你就不能不去妓女坟，不能不去收埋了那些伶仃女子香魂艳骨的地方，去嗅一嗅冷风中是否还残余着她们的胭脂香。

我到胭脂沟的时候，天还下着雪。车开到一片立着几棵干瘦的树木和丛生杂草的野地里，随行的人告诉我，这里就是妓女坟了。据说，以前人们认为妓女坟是在另外一个地方，直到有一天在这片荒地上刨土的人，刨出了许多白骨，经考古学者证实，那是一些年轻女子的骨骸，人们才知道这块不起眼的荒地，就是那群薄命的胭脂女们最后的归宿。

站在雪地里，风呼啸着卷起一地的雪，落光了叶子的树枝在寒风中颤抖。这里是中国的北极，一年大半的时间被风雪所笼罩。即使是现在，这里的冬天也不是那么轻松就可以度过的。在这远离繁华和喧嚣的山沟里，除了雪和树，看不到其他东西。当年那帮淘金汉子们，白昼里淘金，到了长夜里，蜷缩在被窝里的他们，都在想些什么呢？长时间封闭的生活，单调、乏味，不但会消磨人的意志，甚至会摧毁他们的神经。不知道是不是出于这样的考虑，管理胭脂沟金矿的朝廷命官李金镛，才会花重金专程到各地招募妓女进驻胭脂沟。从这一点看，胭脂沟的妓女，多少带上了"官妓"的色彩。似乎可以这么说，这群浩浩荡荡开赴胭脂沟的女子，除了她们原本的职业而外，又多了一重身份，一道背景。

所以，本就让人心情复杂的中国妓女，在胭脂沟，就有了更特殊的身份。据记载，当时这批女子在胭脂沟的地位，是很超然的。她们是被捧着生活的。在胭脂沟的日子，也许是这些离乡背井的女子们，最被人看重和体贴，难得地接近幸福的岁月。

这样子来形容这批妓女的生活状态，也许很难让人接受。因为无论从道德上还是人性上来看，这都是一种很不正常的状态。说得严重一些，那样的生活，那些矿工和李金镛等人的所作所为，其实是对她们尊严的践踏，对她们人格的侮辱，对道德人伦的背弃和颠覆。那应该是一种痛苦，如何能够说是接近幸福？

的确，妓女是一个可悲的群体。从某种意义上说，她们是男权社会最可怜的牺牲品。这些女子，她们本该和其他女子一样，在父母的庇佑下长大，然后结婚、生子，过着平凡而幸福的人生。但是，由于种种原因，她们不得不放弃了这样的权利，走上另外一条道路。但这怪不得她们。她们太弱小了。在强者面前，她们毫无反抗的余地。被利用、被歧视、被辱骂，她们中的大部分人，就这样凄凉地走完一生。她们细瘦的足迹过处，斑斑点点，尽是血泪。她们的悲泣和伤心在浩瀚的历史中，留不下哪怕一丝一毫的烙印。即使是那些被人们所流传所津津乐道的故事，或多或少也都经过了美化。其实，那也是一种扭曲，是对她们真实的生活状态的扭曲。不夸张地说，每一个烟花女子身后，都有一个个悲惨的故事。

这样的传说，在这条以美丽的胭脂为名的山沟里，自然也是少不了的。

在胭脂沟，就有这么一个催人泪下的故事。

很久以前年月已不可考的某日，那时候的胭脂沟正在最辉煌的时候。满沟里到处都是淘金汉子，到处都是胭脂女。据说，那个时候的胭脂女多达 1000 余人，除南国佳丽北地胭脂外，甚至还有俄罗斯女子和日本女子。她们都是从各个地方雇来的。而来自四面八方的矿工们士兵们，偶然能够从这些女子中遇到自己的同乡。同乡相见，自然是不一样的。所以，那一日，一个淘金汉子听一位同乡说，碰见了一个他们家乡来这里的妓女。他和同乡伙伴一起，去见那个妓女时，心情本来是很好的。刚见面的时候，一切好像都还很正常。他们坐在一起，操着家乡话开始瞎聊。这聊着聊着就聊出问题了。原来，这本该今天第一次见面的嫖客与妓女，竟然是兄妹。这原也怪不得这两人相见不相识。汉子离家七八年了，他走的时候，才十一二岁身量未足的妹妹，如今已出落得水灵灵的。女大十八变，一天一个样，这七八年未见的妹妹，你叫他怎么认得出来？再者，他在这天寒地冻的地方待着，不死也得脱层皮，跟在家里的时候简直是换了一个人，做妹妹的认不出哥哥来，也不是什么怪事。两人这一相认，还没来得及抱头痛哭，做哥哥的先冲着妹妹破口大骂。这也是人之常情。但凡是个正常人，自己妹妹做了妓女,怎么能够不气个半死？做妹妹的不哭不闹,却扯出一丝笑容："我下贱我无耻，我对不起家里的列祖列宗。你不要脸的妹妹挣的是肮脏钱。你说得好啊。我也知道我下贱我对不起列祖列宗。但家里等着这卖身子的肮脏钱救命的时候，哥哥你在哪里，列祖列宗又在哪里？我也不是天生就这样贱的，我也不想出来卖，我也不想被人指着鼻子骂下贱骂无耻。可是我不能眼看着爹娘病死，弟妹们饿死。我就这么一个身子可以换钱。我不卖，守着个干净身子，等着和爹娘弟妹一起饿死？哥哥，你倒告诉我！"那个汉子，七尺高的男儿，听了妹妹短短一席话，立马就瘫倒在地上，失声痛哭。据说，周围的男子汉们没有一人不是泪如雨下。

这个故事的下文怎么样了，那苦命的兄妹俩结局如何，没有人知道，也没有人想去知道。这个故事的真实性也已经不可考证。但是，所有听过这个故事的人，都不会怀疑，在那条可以挖出金子、挖出财富的胭脂沟里，到底有多少女人，在人们鄙夷的目光中，隐藏着她们心中的痛苦，强颜欢笑。

也许是同样有着悲惨的过往，也许是长期共同生活在一起彼此之间有着更深的牵绊，胭脂沟的矿工们比起其他人来，更能理解这些普通妓女们悲苦心酸的人生。不同于在遥远的繁华都市里，那些才貌双全的名妓与一帮自命风流的才子名士们演绎的一出出悲欢离合的爱情。在这个连生存都显得艰难的地方，这些质朴的矿工和妓女，他们的关系反而更加贴近本质。妓女们用最原始的方法给予他们以慰藉，而矿工们竭尽所能地为她们提供各种利益和便利。他们之间，是一种近似扭曲的"平等"。

但，这也是平等，也是对那些可怜女人们的一种回应。也许，只有在胭脂沟，这些胭脂女们才能得到这么一点微薄的回应。只有在这因为胭脂女而与众不同的胭脂沟，这些悲哀的灵魂才能被接受被容纳，才能得以安息。而这群女子，用她们柔软的身体，温暖了漠河这片冰冻而坚硬的土地。

有一位熟悉漠河历史的人说：如果说李金镛和他的矿工们最早开发了漠河，功不可没的话，功劳里也有那些妓女的一份。

所以，才有了今天这野地里苍凉的妓女坟，静默着，在呼啸的风雪中，在人们审视的目光里。

离开妓女坟的时候，一车人默默无语。

十八站史话

　　大兴安岭有一条古驿道，蜿蜒盘桓在层层叠叠、郁郁苍苍的茂密森林中，与201国道参差比邻。这条古驿道很有些年头了。最初是兴建于康熙年间。

　　我们乘车前往十八站，走的就是与古驿道比邻的一条国道。一进十八站的林区，我就忍不住隔着车窗向外看。只见远处的天空深远辽阔，橙色的阳光和湛蓝的天幕融化在一起，一片五光十色；国道两边是茫茫的森林，一排排樟子松和白桦树直指云端，苍劲雄伟。古驿道若隐若现的痕迹，仿佛残缺的书页，把十八站的历史点滴显露出来。

　　早在清朝时期，大兴安岭丰盛的宝藏吸引着沙俄贪婪的目光，沙俄多次在边界寻衅，南下侵攻的意图日益彰显。康熙帝意欲通过黑龙江制止沙俄入侵，专门派人考察黑龙江地区的地形和道路等。康熙特别强调在黑龙江对沙俄作战时军粮的重要性。兵马未动，粮草先行。尤其是古时作战，这一点更为重要。康熙帝深知为了保证军需，避免贻误，就必须有畅通的交通道路，因而驿站的建设和维护就显得至关重要。所以，从康熙二十二年（1683 年）开始，清政府派专人前往黑龙江负责督建由黑龙江通往瑗珲的驿站，到康熙二十三年（1684 年），驿站修筑完成。此后，又于康熙二十四年（1685 年）瑷珲及雅克萨之间设立另一路驿站，自墨尔根起沿嫩江上游铺筑，至雅克萨对岸共设驿站 25 站，而后又将此驿道延至漠河，至此共设驿站 30 站。

鉴于康熙时设立此驿站是为了达到抗击沙俄侵略，保卫边疆领土的目的，并使之在沟通边疆与内地的交通方面发挥重要作用。因而，随着雅克萨战争的结束，清军从驿站中撤离，驿站也随之荒废。当年花费大量人力物力所开辟的驿路，只偶尔有鄂伦春人骑马通行。

一直到了光绪十三年（1887 年），吉林候补道李金镛从陆路赴漠河督办金矿，为了省时省力又安全地运送黄金返回内地，特组织人手重新开辟此驿路。当时漠河、呼玛一带盛产黄金，如何安全有效地运输漠河、呼玛一带的黄金返回内地，让当时负责督办金矿的清朝官员颇费心思。若从齐齐哈尔经瑷珲再到漠河，水陆两路途长 3000 多华里，路远途遥，同时水上运输费用昂贵（当时运 1 石粮的钱相当于买 4 石粮的价钱）。如果租用外国船（当时只能租用俄国船），又怕其趁机寻衅，再次侵入瓜分我国领土。不得已，清政府将目光投向了这条康熙年间开筑，后又经李金镛修整过的山路。如果走这条山路，由嫩江到漠河只有1800华里，比水路略近一半，长远考虑，重新修筑此路后经由陆路运送黄金,比较安全也更经济。因此,光绪二十年(1894年)，清政府再次投入大量人力财力，开发这条山路。这一次的开发，使得十八站真正成为大兴安岭对外的一个窗口，淘金人从外经此而入大兴安岭的各个矿区淘金；而金子又从这里源源不断地往外运送。十八站沟通了岭里岭外的世界，它背靠着宽广深厚的大兴安岭，将面孔朝向大千世界，关注着，吸引着一批批的人、一批批的物，向着岭内流动。

十八站有一座十八站古遗址碑，历经风霜雨雪，依然巍然屹立。据史书介绍，十八站过去曾叫作谭宝善（山）站，这是得名于光绪年间的一名为谭宝善（山）的商人。谭宝善，清光绪年间生人。由于不满父母包办婚姻，加之在家乡生计艰难，难以为继，于是离开家乡吉林梨树到瑷珲投靠朋友于多三。在于多三的帮助下，他只身来到十八站经营皮货买卖，后又娶鄂伦春人为妻，改汉籍为鄂伦春籍。谭宝善的皮货买卖经营得很顺利，很快就有了正式的商号和铺面，成为十八站当时相当有名的人物。在清政府于光绪年间开采漠河金矿后，十八站往来淘金经商之人渐多。谭宝善为人乐善好施，热情周到，过路人等如有困难求助均能受其热情款待，声名远播。

后清政府修筑黄金之路时，为了记名方便，便以他的名字记为第十八站之名。盖因谭宝善其人在当地有善名，广为人知，以之为名流传较易。

谭宝善可谓是有史料记载的由大兴安岭外迁移至大兴安岭内生活并取得成功的较早记录了。当然，我们相信，在他之前之后，一直都有很多与他一样从外地迁徙到大兴安岭的人。从驿道修通，或者更早的时候开始，到清末的淘金潮，再到民国时候的商贾兴起，以及新中国成立后几次大规模开发大兴安岭的行动，一直到现在，不断地有人从四面八方聚集到大兴安岭上来。他们在这片土地上扎根，抽枝发芽，一代代地传承发展，开发和建设着大兴安岭，也见证着大兴安岭前进的足迹。

时光荏苒，岁月变迁。转眼之间，当时古驿道上的第十八个驿站——谭宝善站，已经经历了200多年的风雨洗礼。如今，它仍然"伫立"在这条几起几落，遍历兴衰的古驿道上。不过，今天的十八站，和过去相比，已经发生了翻天覆地的变化。它不再是雅克萨之战时军需物品运送线上的督管站，也不是光绪时期运送黄金的停靠点，而是一个拥有丰富森林资源，正在兴旺发展的大型森林工业企业——兴安岭十八站林业局。当年的古驿路几经翻修，最终还是衰落了。然而，替代它沟通岭内岭外的公路、铁路和江上航路却是一天比一天完善和发达。尽管如此，四通八达的交通网上，十八站仍然是一个重要的枢纽，牵引着由四方而来的车船，同时也把大兴安岭的果实和希望，送到祖国的四面八方。每一次，当来自不同地方的迁移者带着不同的资源和财富进入大兴安岭后，都会给大兴安岭带来不同程度的影响和变化。新的生产生活方式，新的思维观念，随着迁移的人群进入大兴安岭，然后再在人与人的交往中，耳濡目染地相互感染相互影响。不同的人，不同的事，不同的思维，不同的背景，诸如此类种种在大兴安岭的土地上交错、撞击，迸发出新的火花。大兴安岭是个宝库，它散发着耀眼的光芒所以才吸引了无尽的"淘金者"的到来；大兴安岭又是一个聚宝盆，它容纳了所有人，吸收整合他们不同的思想理念不同的资源才能，然后把这些统统汇集成一股力量，一股生生不息、源源不绝、洋溢着激情和热切的力量，就是这股力量支持大兴安岭的发展，促进大兴安岭的富强。

十八站局的领导告诉我，从谭宝善到现在，这么多年来，有多少各行各业的人才来到十八站，已经无法计数了，他们为十八站乃至大兴安岭的发展做出了无法估量的贡献。但是，随着十八站和大兴安岭一天天发展，一天天走向现代化，仅仅是打开门让人才和资源流进来，已经是不够的了。于是，十八站人和大兴安岭林区其他地方的人，带着十八站和大兴安岭的古老，带着十八站和大兴安岭的希望，带着十八站和大兴安岭的财富，带着十八站和大兴安岭的精神，走出去，走到全国各地乃至世界各地，在更广阔的天地里寻求更大的发展更好的未来。然后，把这些再次带回来，促进下一轮的发展与进步。十八站这些年之所以越来越年轻，正是因为有了如此循环往复，有了如此新陈代谢，有了如此与时俱进。

我在十八站停留的时候，正好遇上一所中学下课。一群青春飞扬、朝气蓬勃的少年从校门走出来。他们身上蒸腾着、搏动着无尽的生机和希望。将来，他们中会有人留下来，建设自己的家乡；也会有人走出去，去探索更高更远的天空。我衷心地祝福他们，祝福他们的未来一帆风顺，祝福他们手中的大兴安岭和伟大的祖国一道，越来越美丽，越来越辉煌！

山神的女儿

鄂伦春族是一个被誉为"山神"的民族。这个民族过去以在深山老林里游猎为生。从 20 世纪 50 年代下山定居，至今几十年过去了。他们定居后的新一代人的生活和工作怎么样，这是我到大兴安岭后十分关切和想了解的问题。

塔河县领导安排我去十八站鄂伦春族乡时，专门安排鄂伦春族出身的女副县长魏云华陪同。

一路之上，从塔河县来的陪同人员告诉我们，由于长期在山林里过着狩猎的生活，鄂伦春族居民性格很坚韧，女人也是这样。新中国成立前，鄂伦春族女人社会地位低下，根本没有任何权利可言，常年在深山密林中过着漂泊不定的生活，还要身受神权、父权、夫权的三重压迫，生活苦不堪言。在家庭中她们无权对外交涉，完全被排斥在社会政治生活之外；在经济

上没有财产所有权和继承权；日常生活中，还要受到各种禁忌的束缚。按照鄂伦春族的规定，鄂伦春族妇女没有婚姻自主的权利，并且在丈夫死后还不能改嫁。而鄂伦春族的男人们由于老是在山林里狩猎，非自然死亡的可能性很大，所以总是会有女人年纪轻轻就要守寡，承担着养育子女的责任。长此以往，鄂伦春族的妇女养成了既软弱又坚韧的性格。在男人面前，她们总是弱者，但是，当生活的巨担压下来的时候，她们却又有着超越常人的韧性，能够承担下一切压力。新中国成立后，她们翻了身，拥有了自己的权利。现在的鄂伦春族妇女，扮演的角色越来越重要了。

谈起十八站的鄂伦春族妇女，十八站的朋友不无自豪地说："鄂伦春族的妇女个个都厉害，尤其是魏家姐妹俩，那更是不得了。"

魏家姐妹俩姐姐叫魏春华，妹妹叫魏云华，都是呼玛县老民委副主任魏爱林的女儿，也都像她们的父亲一样是鄂伦春族的优秀党员干部。

魏爱林历任呼玛协领分署工作人员，十八站公社社长，呼玛县民委副主任，呼玛县第四届人大代表，呼玛县第二届、第四届党代会代表，是当地非常出色的一个鄂伦春族干部。他从小聪明伶俐，打猎勇敢。1952年，有着初中文化的魏爱林在刚组建不久的鄂伦春族护林队任班长，他认真负责，勤于职守，带动全班人马日夜守卫在森林深处。由于工作出色，他被选派到呼玛县协领分署工作，专门负责民族工作及生产、生活。后来一直当到了呼玛县民委书记。

魏春华、魏云华姐妹俩在父亲的影响下，从小就表现出了出色的领导才能。魏春华1958年出生，在父亲的督促下，接受了良好的教育，是鄂伦春族最早的有大学学历的居民之一。1974年，她到呼玛县插队，在公路管理站当工人，后来，她先后担任团委书记、革委会副主任、代理乡长、乡党委书记等职。

一次，魏春华到加格达奇参加行署鄂伦春生产生活座谈会。会上，她向地委领导汇报了鄂伦春族的实际情况，以及她关于发展鄂伦春族特色经济的想法，得到了地委领导的支持。回乡后，魏春华按照"以林为主、多种经营、全面发展"的思路，组建了十八站鄂伦春族林产公司。她亲自带领群众上山清林，带领鄂伦春人改变了依赖国家扶持的习惯，自力更生，勤劳致富。十八站鄂伦春民族乡第一次出现了73个存款户，后来，鄂伦春民族乡的富裕户逐步多了起来，生活条件也有了很大的改善。

1987年，因工作需要，魏春华调到行署民族宗教局工作。魏春华一如既往地认真工作，从民族大局出发，解决了几起比较棘手的民族、资源、土地纠纷。她还积极努力，帮助鄂伦春族同胞发展经济。在她的努力下，白银纳乡建单板厂等鄂伦春族人办的企业发展起来。

1998年，魏春华又被调往大兴安岭地区工商联工作。在她的努力下，大兴安岭地区成立了大兴安岭工商联合会总商会，填补了大兴安岭工商联的空白，并成立了大兴安岭地区个体私营经济服务中心和大兴安岭总商会行业商会，为大兴安岭的民营经济发展做出了应有的贡献。

妹妹魏云华 1961 年出生，1977 年高中毕业后到呼玛县林业局青年林场当知青工。1979 年，调入十八站乡文化站工作，从事鄂伦春族音乐、舞蹈创作。1983 年，她创作的节目参加全省少数民族文艺调演，获舞蹈创作奖和表演奖。1985 年，她创作的节目参加大兴安岭地区优秀节目评比，获创作一等奖。1985 年 9 月至 1987 年 7 月，她考入哈尔滨师范大学音乐系（业大）学习深造，1989 年毕业后，调到十八站乡政府，任妇联主任。为了给山神的女儿们插上飞翔的翅膀，她带领鄂伦族春妇女学习文化和生产技能，还创办了"家长学校"。由于她工作成绩突出，深得群众信任。1994 年，她当选十八站乡副乡长；1995 年，当选代理乡长；1998 年，当选十八站乡乡长。

1995 年，大兴安岭地区由于资源危机，陷入"两危"（经济危机、资源危机）的困境之中，经济、政治、社会等方面都陷入低谷时期，十八站乡的鄂伦春族人将板障子当柴烧，拿铁皮房盖换酒喝，几乎天天都会有打架斗殴的事情发生，集体上访的事也很多。历史欠账高达千万元，干群关系非常紧张，严重地影响了正常的工作。

魏云华针对当时的情形，果断采取了振兴经济的措施，一方面深化改革，实行政企分开，将企业的责权利下放，调动职工的积极性，另一方面带领鄂伦春族同胞以民族特色为主饲养马鹿，开发旅游和桦树皮工艺品等。在她的带领下，十八站鄂伦春族乡体制改革和产业结构的调整取得了成果。2000年，全乡农民人均收入2522元，鄂伦春族人均收入2206元。

2001年，魏云华被塔河县人大任命为塔河县副县长，走上了领导岗位，分管教育、卫生、计划生育、广播电视等。上任后，她认真学习党的方针、政策，熟悉并掌握各部门业务，亲临基层调研，解决了当时许多棘手的问题。第二年11月，她被派往浙江省宁波市挂职锻炼。挂职锻炼半年的时间里，她谦虚好学，掌握了一些新的科学文化知识及宁波市发展经济的先进经验，满载着学习收获，圆满完成了学习任务，把先进省市的好传统、好经验带到边远的山区塔河县。2002年11月24日，在塔河县第七届人民代表大会第一次会议上，魏云华再次当选为塔河县副县长。这是塔河县继孟金宝、高丰会之后的鄂伦春族第三位副县长。

她上任没多久，就迎来了2003年不寻常的春天，"非典""春季防火"给林区带来了不稳定的因素。但是，魏云华并没有慌张，她沉着勇敢地面对这突如其来的灾难，组织广大干部、医务人员防治"非典"，亲自带领机关干部，深入乡、镇、场、农村等抗击"非典"的第一线，指导基层干部群众开展抗击"非典"工作，建立起了从县到乡、村检测网络，将村屯防治"非典"动态、外来人员情况登记汇总后，直接上报地区防治"非典"

领导小组办公室。建立了相关机构、发热门诊、隔离病区，为全县抗击"非典"创造了最佳的条件。因措施得力，领导有方，受到省、地领导的好评。

魏氏姐妹为山神的女儿们树立了一个很好的榜样。她们向外界证明：在新的时代里，山神的女儿们正在以崭新的姿态出现在世人的面前，她们勇敢、刚毅，在政治生活中和经济建设中发挥着越来越重要的作用。

从这些山神女儿成长的足音中，我们可以听到中华民族前进的脚步声。

鄂伦春人家

　　大概是在小学一二年级时，我曾学过一首歌，歌名叫《鄂伦春小唱》。歌中唱道："高高的兴安岭，一片大森林，森林里住着勇敢的鄂伦春。"我从那首歌知道了大兴安岭，知道了鄂伦春人。到了大兴安岭，我急切地想看看鄂伦春人家，了解他们现在的生活。到大兴安岭后，我专程去了一次白银纳鄂伦春民族乡。

　　这是一个繁华的小镇，宽广的街道两边，商铺林立，人来人往。一排排砖瓦房错落有致，一棵棵落叶松巍然挺立。

　　我们到了一户鄂伦春人家。从外边看，这是一个很普通的人家，木栅栏围墙，砖瓦结构的房子。大门前的雪地上，印着杂乱的脚印和深深的车辙。进到屋里才发现，两间房子里放着一张长条桌和一些简单的设备，几个工人正在用桦树皮制作着

精美的小盒子。女主人是鄂伦春人，她告诉我们，这些精美的盒子，有的用来做大兴安岭特产包装，有的用来做工艺品销售。我看了看那些桦树皮小盒子，造型美观大方，色彩十分鲜明，做工精巧细致，让人爱不释手。女主人说这些产品都有订单，出来一批，就销售一空。言语中，充满了骄傲和自信。

在这家屋子里有四五个工人，最大的大概40岁，最小的十七八岁。陪同我们前来的塔河县副县长魏云华是鄂伦春族人。她指着一对残疾夫妻说，这对夫妻靠自己的手艺，生活也富裕起来了。那对夫妻听了，抬头冲我们友好地笑了笑。笑得很动人。

用桦树皮制作工艺品在鄂伦春族已经有很长的历史了。大兴安岭的山山岭岭之间到处都是高高的白桦林。在远古时期，鄂伦春人用白桦树的树皮，作为遮身的物品。鄂伦春人还用桦树皮做成桦皮船，在黑龙江上漂流，运输物资。因而，鄂伦春人对白桦树情深意浓，情有独钟。聪明的鄂伦春人还用桦树皮制作各种各样的工艺品，用于贸易。在20世纪五六十年代的大兴安岭大开发中，鄂伦春族山民们用他们的马驮子、桦皮船为广大建设者运送粮食和建设物资，做出了突出的贡献。至今，在黑龙江江面上还可以看到三三两两的桦皮船，不过，是供到这里来的游客漂流游乐用的。

说到桦皮工艺品的繁荣，淳朴的鄂伦春人含泪向我们讲起了葛彩萍的事迹。

　　葛彩萍是一个只有初中文化的鄂伦春族妇女，1965 年出生在十八站，由于在工作中表现突出，曾经是全国农村妇女"双学双比"女能手获得者、黑龙江省农村妇女"双学双比"女能手获得者、塔河县"十大杰出妇女"获得者，被塔河县评为塔河县农业战线致富能手。

　　受母亲及长辈们的熏陶，葛彩萍善于用她那双灵巧的手，制作各种精美的桦皮手工艺品。在婚姻方面，葛彩萍和许多其他妇女一样，勇敢地打破了旧的传统观念，与一位汉族青年组成了美好家庭，生有一儿一女。全国农村妇女"双学双比"活动开始后，葛彩萍与丈夫刘明商量，不能坐享其成靠救济，要自强自立，靠自己的双手提高生活质量、生命质量。1997 年 9 月，在地区妇联、县乡妇联的鼓励和帮助下，葛彩萍与丈夫刘明开始大量制作桦树皮手工艺术品。

　　葛彩萍善于思考和创新，对原有的单一缝制品种进行了大胆的技术创新，制作了造型别致、花样繁多、品种齐全的桦树皮手工艺品，设计出了一批具有鄂伦春特色的礼品盒、帽子盒、药品盒、首饰盒、茶叶盒等产品。经过半年的辛勤努力，葛彩萍制作的产品打入了哈尔滨市场，仅用 1 个多月的时间为哈尔滨参茸药材公司制作了 1300 余件药品礼品盒，受到了客户的好评。有了第一批产品，第二批、第三批产品应运而生，葛彩萍夫妇制作的手工艺品一时在区内外、省内外有了小名气。1999 年的金秋十月，她的桦树皮手工艺品被列为全国"双学双比"

十大成果展的展品，代表黑龙江省到首都北京展台去参展，这一喜讯使她夜不能寐。在仅仅 1 个月的时间里，她组织姐妹们连续奋战，精心制作，如期完成了任务。经葛彩萍制作的首饰盒、茶叶盒、药盒等 6 大系列、240 多种产品，在北京一经展出，就受到国内外人士的青睐。时任国务院总理朱镕基走到黑龙江省展台的时候，被这小小的桦皮工艺品所吸引，鼓励葛彩萍把民族的传统文化发扬下去。

富裕了的葛彩萍没有忘记身边的鄂伦春族贫困户、残疾的兄弟姐妹们。参加完展览会后，葛彩萍回到家第一件事就是把自己的小作坊发展成了手工艺品制作厂。她首先带领关秀丽、孟明远这对残疾夫妻，手把手教他们学会制作打花、设计和制作工艺，无偿地教姐妹们技术，把自己的家当成了培训基地。在她的精心指导下，一大批鄂伦春族同胞成为打花技术骨干，她的作坊里的制作人员也扩充到 30 多人，许多贫困的鄂伦春族同胞在她的带领下走出了贫困，改善了生活，添置了彩电等家用电器。

在葛彩萍的带领下，桦皮工艺品的生产呈现出了规模化、多样化、多功能的生产格局，取得了喜人的成绩。1997 年，鄂伦春族的桦皮工艺品参加了大连首届国际艺术品博览会；1998年，参加了在北京举办的少数民族产品交易会；2001 年，参加了在深圳举办的全国少数民族和民族地区名优特产品交易会，被人们称为"高品位的艺术"。

但是，让人痛心的是，2002 年 11 月 18 日，一场悲剧无端地夺去葛彩萍、刘明夫妇及年仅 11 岁的爱女刘玉的生命，鄂伦春人失去了一位心灵手巧而又善良的民族艺术家。

葛彩萍去世后，她的亲人和朋友继承了她的事业，继续将鄂伦春族的桦皮工艺品推向世界，这些工艺品不但给鄂伦春族同胞带来了丰厚的回报，还促进了大兴安岭地区的旅游业的发展，吸引了更多的游客，为当地的经济发展做出了重要的贡献。

葛彩萍只是鄂伦春族山民们的一个缩影，在党和政府的关怀下，鄂伦春人与时俱进，下山定居后一直在不断地改进生产与生活方式，取得了显著的成绩。在鄂伦春村，我们看了村民给我们放的录像带，录像带向我们展示了鄂伦春民族风情园。鄂伦春民族的帐篷，鄂伦春民族的篝火，还有鄂伦春民族的猎民们围着篝火吃烤肉的情景深深地吸引了我们；鄂伦春民族的桦皮船和鄂伦春民族的围猎圈让我们看得心神摇动。

从那些图片和镜头中，我们看到的是一个开放的鄂伦春族，是一个与时俱进的民族，也是一个自强不息的民族。

鄂伦春小唱

大凡到大兴安岭来参观或者旅游的人，都要到鄂伦春人家看一看。因为鄂伦春族是大兴安岭的本地人，又是一个富有传奇和浪漫色彩的游猎民族。这个民族现在日子过得怎么样，是很多人好奇和关注的事情。

从塔河县城驱车一个多小时，就到了白银纳鄂伦春民族乡。时值午后，鄂伦春居民点一片寂静，一排排白雪覆盖的屋子上，蓝色的炊烟袅袅飘荡，在洁白的天地间如同浮云般美丽，将整个鄂伦春乡村装点得分外旖旎。村落也显得静谧而又安详。只有偶尔的几声狗叫和马达发动的声音。

鄂伦春人家家户户门口都挂着红辣椒、萝卜串和玉米串。有的人家大门前或院子里，还可以看到马，看到雪橇，看到轿车、吉普车、摩托车和只有雪山才有的带着宽宽的链条、可以在雪地里平稳行驶的四轮机动车。

我们到了一户鄂伦春人家。这是一个普通但又不平凡的鄂伦春之家。男主人叫郭宝林，女主人叫葛晓华。我注意看了看屋子里的摆设，彩电、电话、空调等现代化电器一应俱全。客厅的壁上挂着一幅照片，引起了我的兴趣。照片上，这家的男主人骑着一匹白马，身后背着一杆猎枪，威风凛凛地站在一片原始森林前。照片说明上写着"最后的山神"，而且有中央电视台的台标。走近了，才看清这是中央电视台播出的片子剧照。女主人不无自豪地告诉我们，前些年中央电视台来采访过她家的男主人，至于为什么称其为"最后的山神"，引出了一段鄂伦春人的历史。

鄂伦春人自古就在大兴安岭游猎为生，在山林里过着风餐露宿、伏冰卧雪、四处漂泊的生活，生存状况极其恶劣。新中国成

立后，党和政府为了改善鄂伦春人的生活，同时保护大兴安岭的森林和动物，动员鄂伦春人下山定居。大批鄂伦春人走出山林。

陪同我们前来十八站访问的塔河县副县长魏云华接上说，按照史料记载，鄂伦春人下山定居的历史有三次。

第一次是在清朝末期，当时，库玛尔路和毕拉尔路部分鄂伦春猎民在奇克、车陆、马浪沟等处建15所房屋定居，与其他民族合作务农、狩猎，希望能下山过上稳定、舒适的生活。但是，腐败、贪婪的清政府为了保持鄂伦春族兵源和游猎、捕貂进贡，竟然派员监督，放火烧毁鄂伦春族山民建起来的全部房屋，将鄂伦春人赶往了天寒地冻、无处躲藏的大兴安岭的崇山峻岭之间。

第二次定居是发生在民国年间，当时的民国政府为了"抵御外患""荡平内乱""寓兵于农"，对鄂伦春族猎民强制推行"弃猎归农"，拨出定居费、建房费，购置牛马农具，规定具体任务。库玛尔路鄂伦春族开始了建村、设屯、种地。但是，这种日子只持续了十几年，日本人侵入中国东北地区后，又将鄂伦春族山民全部赶回山林。

直到1953年，鄂伦春人才真正实现了定居的理想。党和政府在经济上对鄂伦春族采取了扶持的措施，免费供应大量的布匹、粮食和枪支弹药，开办学校教育鄂伦春族子弟，并由国家出资金补贴，由广大鄂伦春族人民自己动手，拉木料，汉族兄弟帮助，当年春季施工，10月份的时候就全部搬进新居。到了

20 世纪 80 年代，党和政府又一次性拨款，将鄂伦春人的木质结构房子，全部改造为砖瓦房，使鄂伦春人的生活条件得到了很大的改善。

多年来，鄂伦春族的人口素质得到了提高，人均寿命不断上升，在鄂伦春族流传了几百年的结核病也得到了遏制，山民的子女们接受教育的越来越多，许多人还从此走出了大山，到上海、北京这些大城市工作和生活，有人进了国家机关，也有人进了中央电视台，还有人进了各种各样的大公司。留在山里的鄂伦春人也过上了富裕的生活，住进了阳光充沛的房屋，用上了各种各样从未用过的家具，彩电、组合音响、VCD、缝纫机、自行车、摩托车、汽车都有了；小伙子姑娘们再也不用穿着兽皮制作的服装了，西服、皮夹克、休闲服等各式各样的衣服都有。

女主人说，她家的男主人因为对游猎生活怀有一种情感，下山定居后，还常常到山上去打猎。20 世纪 50 年代是骑马去，20 世纪 70 年代是开着摩托车去，20 世纪 90 年代是驾着吉普车去。女主人说，过去的鄂伦春有句话叫"两匹马驮走全家财产，一背包装下一户口粮"，这种时代已经一去不复返了。

鄂伦春人过去只靠狩猎和采摘野果生活。现在的鄂伦春人不但种上了庄稼，还发展了各种各样的副业。鄂伦春族的特色野菜绿色食品——老山芹——已经远销全国各大城市；鄂伦春族的民族工艺品——桦皮工艺品——享誉世界；猎民们的各种猎品也能卖上个好价钱，古朴的民族风情也吸引了大量的游客，这一切都为鄂伦春族人民带来了丰厚的经济回报。

主人还告诉我们，他们的儿女都能够受到良好的教育，村里原来根本不知道大学生是怎么一回事，现在却出了很多大学生，他们把鄂伦春族的文化带向了外界，又把外界的文化带回了鄂伦春。今天的鄂伦春已经不再是在大山里的那个"男猎女织"的鄂伦春族了。

走出这户鄂伦春人家，听着村民们说的流利的普通话，看着他们穿着的漂亮的衣服，我的耳畔又响起了那首《鄂伦春小唱》……

松涛鹿苑

大兴安岭韩家园林业局有一个松涛鹿苑，这是我在来大兴安岭之前就已经知道了的。因为，这个地方出产的鹿制品在全国很多地方都能见到，而且在同类产品中口碑极佳。这次到大兴安岭，我专程前去参观。

松涛鹿苑的确名不虚传。它的名字极富诗意，而实际景观更富诗意。它占用了一面地形十分开阔、地势千变万化的山坡，苑中塔松、樟子松、白桦等各种大兴安岭引以为傲的林木争奇竞秀。那些具有坚定不移的意志、宁折不曲精神的松树，即使在冰雪严寒的日子，也是依然挺拔，依然巍峨，依然昂扬。走在林中，你可以听见雪从树枝上滑落的声音，那么轻盈，那么柔软，又是那么迷人，仿佛春天江南的细雨；你还可以听见风从林中穿过，树枝与树枝轻轻相碰的撞击声，那么委婉，那么亲切，那么甜蜜，仿佛一对恋人在林中谈笑。由此，你可以想象，到了春秋之季，林中的松涛声将是多么迷人，多么让人感动。苑中有纵横交错的几条河流，或流向松林深处，或盘旋直指山峦，河上几座具有鄂伦春风俗造型的小桥，像是几座历史文化雕塑，给苑中增添了几分旖旎。林中蜿蜒的黑土路，黑得发亮，曲径通幽。我们去的时候正值傍晚，微风轻轻吹起的雪雾在林中缭绕，使整个苑中充满了神奇的色彩。突然，一只梅花鹿从林中走出来，它傲慢地高昂着头，目光炯炯有神，步履十分轻松，仿佛是在悠闲地散步。看见了我们，它没有丝毫惧色，一直向我们走来，从我们身边走过。我同行的一位朋友，抢占有利地形，在梅花鹿经过身边的时候，让人拍了一张与鹿合影的照片，高兴得喜不自禁。这种人与动物、人与自然和谐的情景，唯有在这个松涛鹿苑才能见到。尽管当地的朋友事先已作了介绍，我已经知道这是一个人工修建的鹿苑，但是，我仍然认为这是一个天然的养鹿场。

到了鹿苑，当然关注的是鹿。据养殖场的同志介绍，他们对鹿群采取圈养和放养相结合的方式。一方面，养殖场内修建有整齐的鹿舍；另一方面，平日里鹿群都是在圈场里自由活动的，而不是毫无自由被圈养在鹿舍里。这样有利于保证鹿群的健康成长。我们到时，天已渐晚，淡薄的夜色笼罩林中，清晨放出去的鹿已陆续返回舍中，还有一只鹿没有回来，工作人员正在等待。

"那只鹿一定会回来吗？"我好奇地问。

工作人员点点头。

"你怎么有这么大的把握？"我不解。

那位工作人员笑了。笑容里充满了自豪感。

"这些鹿还是那么有野性吗？"我问。

那位工作人员点了点头。据他介绍，他们每年都要按计划把定量的成鹿放归黑龙江畔的原始森林，与原始森林中的野鹿相处，等到交配季节结束，再从那里带回部分放养成鹿与野鹿交配后产下的幼鹿。他说，这样做的目的是保证鹿群的野生性，避免纯养殖造成的近亲繁殖，既损害鹿群的健康，又降低其所产鹿茸等产品的营养价值和经济价值。因此，鹿苑圈养的鹿，大多出身特殊，野性未泯。

我们跟随工作人员进了苑中。这里的一排排鹿舍均是用松木制成，养的都是大兴安岭高寒地区生存的梅花鹿、马鹿、驯鹿。有的舍中 10 多头，有的几头，还有的只有一头。由于是冬季，鹿群都换了厚毛，毛皮溜光水滑，泛着油光。而一头头鹿，无论雌雄，几乎都是膘肥体壮，身姿矫健。特别是有一头顶着大大犄角的雄鹿，体魄相当健壮，一副趾高气扬的样子。它昂着头在鹿舍里轻松地散步，那美丽的犄角，雄健的身姿，紧紧地勾住我们的视线，舍不得转开。同行的朋友纷纷与那头雄鹿合影，它也表示出很友好、很配合的姿态。

养殖场的同志告诉我，鹿的浑身是宝。在古代封建时期，鹿产品如鹿茸等主要是皇室所用。大兴安岭开发建设以来，由于单一林木生产，没有充分开掘出来。近几年，韩家园林业局大力发展非常林产业，也称为接续产业，先后办起了鹿苑，以及生产与鹿有关的各种保健类产品的工厂，其中包括与哈尔滨工业大学合作推出的高科技纳米鹿补酒系列。同时，还研制开发了包括鹿茸、鹿血等在内的副产品。这些纯天然的保健品，面向大众，适应人们提高生活水平和生活质量的需求，由于绿色、环保、健康、无副作用，深受广大消费者青睐，很快就打开了市场，供不应求。他们还运用现代化的烹调技术，精心加工研制鹿肉系列产品，销售情况良好。短短两年时间，他们便成功研制和开发出40多种不同针对性的产品，打入全国各大市场，赢得相当好的收益。

"东北有三宝，人参、貂皮、乌拉草。"这是过去流传在大兴安岭地区的民谚。而现在，这个民谚已演变成"东北有三宝，人参、貂皮、鹿茸角"。鹿产品的价值，由此可见一斑。

过去，采鹿茸多是通过猎杀鹿的方法，既残忍又不经济，而且所得到的成品很少，以至于过去鹿茸是绝对的珍品，价格高到只有大富之家才能问津的地步。后来，人们开始有意识地喂养梅花鹿，但并未把饲养作为一个产业来主动开发。这多少也算是一种资源闲置。韩家园林业局的干部职工与时俱进，在大力发展接续产业时，推出了鹿产品，让这种过去皇家富豪才用得上的珍稀之品，走向市场，面向大众。这不能不说是他们的一个创举。无怪乎这个产品一上市就引起了人们的极大关注，而且很快就打开了销路。

韩家园林业局的同志向我们介绍了他们的下一步发展计划。他们准备把松涛鹿苑建设成为大兴安岭最大的鹿群养殖基地，同时也是最大的野生动物养殖基地。不但如此，他们还将把这里建设成为一处别具特色的风景点，以天然放养的鹿群为卖点，吸引各地游客前来旅游观光。鹿的天性善良，与人为善，尤其是与天真的儿童比较友好。如果形成规模，一定会成为大兴安岭旅游的一个亮点，一个品牌。他们表示，建设养殖基地其实就是在重建大兴安岭的生态环境，通过放养鹿群，开发绿色生态产业，推动和促进产业结构的调整，加快林业局由资源型经济向生态型经济转换的速度。这样一方面缓解了实施"天保工程"限采后，给林区经济和职工生活带来的压力，提高人民生活水平和林区的经济效益，同时又符合"天保工程"的要求和世界林业发展方向。他们坚信以转变促发展，以发展巩固保护，才能够真正达到保护的效果。

听了他们的介绍，不由得你不激动。按照他们的计划一步步地发展下去，明天的松涛鹿苑将是什么景象呢？芳草鲜美的绿茵地上，鹿群悠哉地休憩着，远处是苍翠的树林连绵的群山，清澈美丽的河流蜿蜒流淌着。游人与鹿相伴，在这片草地上休息、玩耍，和美丽的鹿群和谐地共享这美丽的自然。远处的加工厂里正在加工各种与鹿相关的营养品，各地的订单如雪片般飞来，让人应接不暇。养殖场的出口处，一批育成的成年鹿被装上车，它们将被运到黑龙江畔，放归到美丽的自然。那真是如同童话一般的情景，实在是太值得企盼。如果韩家园的养鹿场真的能够实现这个计划，那么人类千百年来一直追求和希望达成的愿望——人与动物和平相处，与自然协调发展将不会再是一个单纯的梦想。

鹿场的建设还在继续，这个新型的生态企业还处在探索中。前面的路，不一定好走，挫折与困难都是免不了的。但是，人们只要认明了方向，坚定了信心，朝着既定的目标走下去，一定有实现的一天。

鹿场南边的民族村的建设已经过半，不出几个月就能竣工。看来，他们已经开始向着既定目标迈进了，这个为了发展旅游业而兴建的民族村正是他们迈出的第一步。看着公司上下全体员工行色匆匆的忙碌身影，我想，我们有理由相信，他们一定能够成功。

文化广场

在到韩家园之前，我已经先后走访了大兴安岭林区的加格达奇、松岭、新林、塔河、图强、漠河、阿木尔、十八站等地。有的尽管是停留时间短暂，但这些各有特色的大兴安岭城外镇，都给我留下了很美好很深刻的印象，也不断地修正和深化我对大兴安岭这片热土和这里生息着的朴实、善良、勤劳而勇敢的人们的认识。所以在我踏上前往韩家园的旅程的时候，我已经不会像初来大兴安岭时那样，对这个素未谋面的小小林城心存疑惑了。

其实，在未到韩家园之前，我就对此有了一知半解。因为，在大兴安岭其他地方，人们在讲大兴安岭的发展变化时，经常会十分坦诚又十分谦逊地说起兄弟县、区或林业局的长处。他们还常常给我介绍大兴安岭大大小小的城镇的历史和现在，展望它们的未来。而每次，在他们提到市容建设的时候，有一个城市他们是绝对会大加赞扬的，那就是韩家园。对于大兴安岭林区城市建设的日新月异，我在其他几个地方已经受过极大的震撼了。那么，在这么多美丽的小城中独受推崇的韩家园，又有什么独到之处，能够使得这么多人都赞叹不已呢，我实在是很好奇。

我们到达韩家园的时候，夜幕已经降临。不过，同大兴安岭所有的城市一样，在铺天盖地的冰雪辉映下，韩家园天地之间一片光亮，视野中的一切依然十分清晰，给人的感觉好像是在黎明之前。

韩家园的街道也很宽阔，也很整洁，街道两边也矗立着一处处的雕塑，沿街道的路灯辉煌，整个小城看起来温柔而舒适。但是，我想从韩家园找出与大兴安岭其他城市的不同之处。所以，目光就格外挑剔。一直到文化广场，我才发现了韩家园的与众不同之处。

与大兴安岭的其他城市相比，就城市的规模和繁华说，韩家园比不上加格达奇和图强；就城市的自然景观和资源，它又比不上漠河和塔河。韩家园在城市建设上最特殊，也最为人称道的，是它的人性化设计。或者说，是亲近生活，以人为本的设计建设理念，给了韩家园与众不同的景象。

其实，在经济发展加快，人们生活水平普遍提高的今天，对于市容市貌建设，对于改善居住环境的要求，是越来越多，也越来越严格。各地都在尽量地营建良好的市容，为居民提供更为舒适的生活空间。不过，由于各种因素的制约，要做得好，是非常困难的。并不是投入大，建设品位和艺术价值高，就一定能够令人满意。所以，尽管我这几年来走过不少地方，可是在人居环境建设方面成就突出，能够给人留下深刻印象的城市，还真是不多见。很多情况下是政府或者开发商投入大笔资金营建广场、花园或者社区，结果却不尽如人意。钱也花掉了，效果并不好，甚至有的还造成反效果。

韩家园的城市不大，人口相对来说也不多，居住环境比较宽松，按说比较有空间来建设广场和公园。但是，韩家园的文化广场占地面积很小，可以称之为袖珍广场。这个广场与周围错落有致的建筑搭配得相当融洽，不会喧宾夺主，也不会被建筑物所掩盖，失去其作为文化广场的装饰性作用，倒是两者颇有些配合完美、相得益彰的感觉。而正是这种平衡融洽的美感，给人以舒适的感觉，让人觉得亲近。

一般的城市文化广场，都有一些雕塑。这些雕塑，可以称为文化广场的点睛之笔，抑或称之为文化广场的灵魂。设计得好，能为广场吸引更多的视线和关注；如果设计得不好，就是绝对的败笔了，严重一点还会破坏掉整个广场的氛围，使人不乐意亲近。我认识一位有大师之称的雕塑家，因为有了名气，一些地方建文化广场时邀请他的不少。他也因为一些地方文化广场设计雕塑而发了一大笔财。但是，一个地方文化部门的朋友告

诉我，当地不少人都说他设计的矗立在文化广场的那个雕塑似曾相识，而且与当地的文化有距离，很少有人称赞。韩家园的广场也有一些雕塑。不过这些雕塑一般都做得小巧玲珑，雕塑的内容十分贴近生活，大多取材于与森林有关以及与人们的日常活动相关，造型比较多地采用了中国式的图案、线条和表现手法，材质也多以中国传统的石、木和石膏为主，较少纯金属、抽象的图案和线条。而且这些雕塑都力求与当地的建筑风格相调和，避免各种视觉效果上的冲突和不协调。

韩家园文化广场充其量不过一个学校操场的占地面积。广场中高低不平、错落有致地分布着大大小小的花坛，种植着许多常绿植物，其中当然少不了堪称大兴安岭代表的塔松。我看到广场上有一个小巧的雕塑，是一个母亲，坐着，半俯下身，轻轻地摩挲着孩子的头，笑得温柔而祥和。小小的孩子靠在母亲的怀中，抬起头看着母亲，笑容灿烂得胜过春日的花朵、夏日的阳光、秋日的果实，他手里捧着一只小鸟，手势轻缓，那么温柔、那么小心地捧着。真是非常美丽的一座雕塑。虽然没有什么高深的创意，但是温暖动人，融进了深深的母爱、浓浓的童趣和无尽的爱心。我觉得这不比任何具有现代或者后现代意识的艺术作品逊色。

广场上还有一座雕塑吸引着我的目光。那是两只梅花鹿，一只是母鹿，一只是幼鹿。它们相依，正在轻松地散步。那神态，那脚步，那种亲情，让人羡慕不已。而仔细品味，又能感觉到设计者的用心，是在昭示人们热爱自然，关爱动物，以保护生态平衡和可持续发展。

由于现在大兴安岭仍处在冬天，广场上自然也是积满了雪。厚厚地堆积着，只扫出了一条通道供人们行走。在雪地上，正有 10 多个孩子在嬉戏。他们都穿着厚厚的冬衣。应当感谢童装商们的贡献，让孩子们的服装五彩缤纷，在雪地上奔跑，就如同白色的地面上开出的花朵，格外醒目也格外好看。他们正利用扫雪后堆积起来的雪筑了城防工事，准备了"弹药"，三五个一堆，躲在雪堆后面吆喝着打起了雪仗。一时间，只听得"喊杀声"响彻云霄。这一群天真可爱的孩子的童音，极富感染力。

朋友告诉我，现在天已晚了，人们大都在家中吃晚饭。如果是在下午，广场上玩的人那叫一个多，老老少少都有。溜冰的有，拉滑橇的有，连打冰球的都有。最厉害的是一对老夫妻，都 60 多岁了吧，老两口在冰面上花样双人滑，滑得那叫一个好，引得周围的人都停下来驻足欣赏，滑完一圈下来，那个喝彩声，真是掌声雷动啊。朋友说得眉飞色舞，听得我是浮想联翩。

听了他的话，不免有些遗憾。可是转念一想，韩家园有这么多这么好的场所可供市民们休闲娱乐，运动健身，想来以后这些活动也只会越办越多，越办越好，说不定还能办出名气来，就像外国那些形形色色的民间运动会一样。我明年来不了，还有后年、大后年呢，来日方长嘛，不急在这一次。于是想着想着心情就又好起来。

第二天清晨，我们离开了韩家园。路上，不时能够看到一个个的小型花园广场，里面总有不少人，男女老少，在那里散步、运动、嬉闹。每个广场上空，都是霞光普照；每个广场里，都回荡着欢声笑语。看着他们其乐融融，我真是打从心底里羡慕。

真正的文化，应当属于热爱生活并创造生活的人民大众。

乡　音

在大兴安岭旅行，你随时都可能听到熟悉而又亲切的乡音。今日的大兴安岭，已不是过去封闭的深山老林，而是一个开放的现代化林区。这绝对不是夸张。我在大兴安岭逗留时间不长，参观的地方多而且比较分散，又有大部分时间花在了汽车上。即使这样，我还是几次遇上了在大兴安岭林区工作的安徽老乡。

安徽人勤劳、热情、质朴而又精明，尤其能吃苦耐劳，做人谦逊本分。因而，安徽人走到哪里，都很受欢迎。在全国大小城市都很容易见到他们的身影。但无论如何，安徽与东北比较起来，也算是南方省份，距离中国北极的大兴安岭实在是太遥远，况且还有这么大的气候差异。所以，当我频频在大兴安岭境内遇到安徽老乡时，既有些诧异又感到高兴。他乡遇故知，本是人生一大快事。

　　第一次遇到安徽老乡，是在到达大兴安岭的加格达奇的当天晚上。朋友考虑到我长途跋涉，十分劳累，带我到一家洗浴中心洗浴。这家洗浴中心的十多个服务生小伙，都是安徽人。从他们那里，我知道了在大兴安岭林区的不少洗浴中心，从事服务工作的安徽人占到百分之七八十，而且大都来自皖北的阜阳地区。我开始并不太相信，没有多想，加之时间短暂，也没有和他们多聊。

　　经过一个多星期的跋涉，到了我在大兴安岭调研的最后一站韩家园林业局。晚饭后，我们去洗浴，在洗浴中心，果然又遇到了一群安徽小伙子。

　　这家洗浴中心只有两层小楼，装潢得朴素大方，收拾得干净利落，洗浴间和休息大厅也都十分洁净，让人感到很舒服。那些服务员小伙子们，满面笑容，彬彬有礼。我们在大厅里刚坐下，就有一位小伙子走上前来招呼我们。他刚一开口说话，我的耳朵立刻有直竖起来的感觉，他那带有安徽口音的普通话，让我心中流过一层暖流，仿佛有置身故土之感。真是太凑巧了，从来到大兴安岭的第一个晚上，到离开大兴安岭的最后一个晚上，我居然都遇上安徽老乡，这不是天缘巧合是什么？于是，我抓紧时间与他攀谈起来。

　　他果然是安徽人。听到我说和他是老乡时，他那张年轻的脸庞上立刻浮现出高兴的神采。他告诉我，他今年刚满 21 岁，来大兴安岭已经两年了。他说这里的服务员大都是同乡，是被一个老乡带过来的。他开始到大兴安岭时，在另一个地方做服务员。他的一个老乡，也是同学，后来把他介绍到这里。他们是同县但不同村，在同一所县中学念了初中，对方比他高两年级，一直挺照顾他的。老乡比他早来大兴安岭一年多，一直在这家洗浴中心做服务员，现在在洗浴中心大小也已经是个"头儿"了。他们两个人开始并不知道对方也在大兴安岭，毕竟毕业这么久了，很长时间没有联系。头年春节回家的时候，两人搭乘的是同一次列车，又正好在一节车厢，就这么又遇上了。老乡听说他也在大兴安岭，也做服务工作，不过因单位效益不好，收入不高，那个老乡于是就介绍他到这里来工作。春节过后，他就过来了。现在他在这里工作也差不多一年了，工作很顺利，同事们大部分都是家乡来的，年纪也都差不多，经历也很接近，所以相处很融洽。平常，没有客人的时候，伙伴们在一起，用家乡话说着家乡的故事，谈着想家的心情，有时候还谈第一次追女孩子的经历。放假的时候，他们还经常约在一起出去玩，大家正商量着这个周末要去大森林玩呢。每到这个时候，就会忘记身在千里迢迢的大兴安岭。他说，老板人也不错，挺和气的，从不克扣工资，遇上过年过节生意又不错的时候还会给奖金。说到这儿他特别开心地笑着跟我说，老板前两天还夸奖过他，说他工作认真仔细人又老实懂事，过几天要给他涨工资，干得好的话，下一步还要给他升职呢！听到这话我也为他感到高兴，立刻恭喜他，倒弄得他有点不好意思起来。

　　他告诉我们，在大兴安岭上稍微大一些的城镇，几乎都见得到安徽人。其实，除了安徽人之外，从全国其他省市到大兴安岭来的人也不少。但总的来说南方几省的人要多一些。

　　当我们问起他有没有想过为什么会有这么多人到大兴安岭来工作生活的时候，他明显地迟疑了。也许是因为从来没有考虑过这些问题，所以一时不知该从何说起。当然，也有可能是他也想不明白这个道理。其实，这个问题也是我这几天来一直在思考的。在大兴安岭的这些日子里，我结识了许多从大兴安岭外来这里工作生活并取得成功的人。这些人来自五湖四海，其中甚至不乏来自福建、浙江、江苏、辽宁、吉林、重庆、武汉一些经济发达地区的人。这让我有些费解。为什么大兴安岭能够吸引这么多外来人士呢？毕竟全国有很多地方比这里条件好，无论是气候上还是发展程度上，大兴安岭的优势都并不明显。

　　我在思考。那位小伙子也没有闲着。看得出来他应该是在一边工作一边整理思绪组织语言，所以我也不急，就慢慢地等着他的回答。

　　过了好一会儿，他才开始回答我的问题。他边说边想，边想边说，有点断断续续的，但是条理还是很清楚。他告诉我，虽然大兴安岭的条件并不是特别好，比起发达地区的大中城市差距还是比较大，但是换个角度来看，其实这也是它的优势。因为发展程度比较低，所以发展的空间相对而言也就比较大。

与其他城市激烈得近乎残酷的竞争比起来，在这里找到自己的位置相对容易些。而且，这些年来，大兴安岭的发展是一天比一天好了，在这里生活和工作的人都能够体会到，一切都朝着更好的方向在变化，比如城市的经济状况，产业结构，人民生活水平，居住条件，等等。他相信，经过大家的努力，大兴安岭一定会很快赶上发达城市的。所以他愿意留在这儿继续工作。而且，他说，这儿的人好，真是好，特别和气特别热情，即使对他们这些外地来的打工仔也一样的好心，很多大城市跟这儿简直没得比。他和老乡都交了不少本地的朋友，还有的小伙子同本地的姑娘恋上了。他说这里的社会治安特别好，空气特别好，生活环境特别好……我清楚地听到，他一连用了几个特别好。他说，所以他宁愿少赚一些钱，也更愿意在这里工作。他咧嘴笑笑，钱虽然重要，但是也还有其他的东西比它更重要的。人活着最需要的是有一个好的生活环境。他说他们几个老乡现在正在计划自己创业，他们打算等到钱攒得差不多了，联手开一家小店，还是做服务业，但是具体做什么现在还没定下来。说起这个，他显得特别的神采飞扬，兴高采烈。看得我们这些局外人都为他们激动、高兴。

告别了这个热情可爱的小老乡，我们踏上归程。一路上我都在反复思考刚才他说的话。我想，也许正像他所说的那样，大兴安岭表面上的劣势正是它的优势所在——它有着广阔的发展空间，前途一片光明。而且大兴安岭人的热情、善良和包容性，大兴安岭上小城的人情味，都是这里吸引人的所在。我想，正如我相信那几个小老乡创业的征途将会一帆风顺，他们一定会在这里取得成功一样，我同样相信大兴安岭美好的未来会在大兴安岭人和这些外地人的手上得到实现，大兴安岭将越来越发展，越来越成功。

　　我的安徽小老乡们，祝你们一路走好！

　　也祝大兴安岭的明天更美好！

雪中那片白桦林

我在少年时期，就读过一些名人大家写白桦林的诗或者散文，那一棵棵亭亭玉立的白桦树，那一片片浓密苍翠的树荫，无论在风雨中还是在雪霜中，都是那么坚强挺拔，美丽动人。微风吹来的时候，树叶哗哗作响，犹如在欢快地歌唱。在日常生活中，我也见到过白桦树，但成片的白桦林却没有见过，因而，白桦林成了我心中的一个情结。我不止一次梦想过躺在白桦林里的草地上，仰望被浓密的树叶遮盖住了的天空，听白桦树树叶哗哗作响，那情那景那感受，充满了诗情画意。有一段时间我经常失眠，但是只要我想象这种场景，竟然就能静静地入睡。

大兴安岭的白桦林早就让我非常向往。尽管我来的时候是冬季，大兴安岭还沉浸在一片冰雪的世界里，但是，在从图强去黑龙江边的路上，当随行人员告诉我马上要经过一片白桦林的时候，我还是异常振奋和激动。

　　那是一片很大的白桦林，在大兴安岭皑皑雪原之上显得特别醒目。尽管一棵棵高高的白桦树被厚厚的积雪覆盖，树的轮廓还是清晰可辨。一阵风儿吹过，一层浮雪飞起，轻飘飘地在空中飘舞。林子就像被一片雾笼罩了一样，朦朦胧胧，神秘而又诱人；又像一层薄薄的轻纱，披在白桦树上。冬日里的白桦树，树干还是那样的白，尽管被寒风撕裂了皮肤，但是，白桦林仍然不失其清秀，高高地立在那里，宛如闺中的娇娘，薄如蝉翼，轻若丝绸般的质地，温润而又细腻，让人看着特别舒服。

　　白桦树是大兴安岭上的主要树种之一，它不畏严寒，尽管一年5个多月都被冰雪覆盖，但是它仍然不屈不挠、无怨无悔，在大兴安岭千年的冻土地上生存繁衍。

　　有人说大兴安岭没有樟子松，就没有雄奇；而没有白桦树，就没有俊秀。白桦树总是那么青春活泼，总是那么青春亮丽，是大兴安岭上的一道最美丽的风景。白桦树高大修长，看起来就像一个亭亭玉立的少女一样婀娜多姿。但是，看上去清秀的白桦树，又十分坚强。它和那些塔松、樟子松一起，当西伯利亚的寒流扑过来的时候，它也挺起胸膛给予阻挡；当风沙滚滚而来的时候，它也耸起臂膀给予反击。它是英雄的女战士。

　　雪中的白桦树有一种超凡脱俗的美，这种美不但在于它的外形，还在于它的心态。白桦树有着钢铁般的意志，即使是积雪压来，仍然巍峨挺拔，高耸入云。古人说"木秀于林，风必摧之"，但是白桦树似乎并不怕风吹雨打，它的枝叶倔强地朝天而长，硬是将其美丽一览无余地展示在人们的眼前。北方人爱白桦树，称它是树中的仙女，这个比喻非常恰当。白桦树美丽而又圣洁，清秀而又不妖艳，永远都是那么的冰清玉洁，是树中最容易入画的一种。可以想象，不管是百花盛开的春天、层林尽染的秋季，还是冰封雪飘的隆冬，如果大兴安岭上没有了白桦树，不见了白桦林，将是一幅什么样的景色，那就像我们的生活中没有了美丽的女性，就没有了温柔，就没有了爱情，就没有了欢乐。

　　说起白桦林，人们常常把它与刻骨铭心的爱情联系在一起。用玫瑰来象征爱情，是因为它的浓郁的颜色和芬香的气味和爱情给人带来的感觉非常相似，它与西方人的热情奔放的性情相仿。而我却觉得白桦林更贴近我们东方人的爱情，冰清玉洁、含蓄却又无比执着。它的热情不表现在外在的颜色和芬香的气味，它朝圣般地直指天空，自然而然地就能让人体会到它的坚贞；它洁白而又细腻的表皮一尘不染，象征着爱情的圣洁；在大雪之中，它依然故我，这种隐藏在心底的奔放的热情不是终将萎谢的玫瑰所能比拟的。

　　关于白桦林，有很多与爱情相关的传说。在这些传说中，主人公们总是会选择将自己的爱情的种子播在美丽的白桦林里，然后耐心地去等待爱情就像白桦树一样笔直而又执着地生长出来，像白桦林一样圣洁而又美丽。如果结局里爱情的一方不幸离开了这个世界的话，另一方总会不忘将其灵魂安葬在白桦林里，然后将自己的灵魂也寄托到这里。其实在现实中，白桦林也成就了许多人的爱情，白桦林是一个最适合谈情说爱的地方。

　　不但青年男女喜欢白桦林，艺术家也喜欢白桦林。画家喜欢到白桦林里写生，白桦林一年四季都不会让来这里的画家失望。春天，白桦林白得娇嫩，白得透彻。夏天，白桦林白得浓烈，在一树青绿的枝叶下，白得让人赏心悦目。秋天的时候，金黄色的太阳已经完全融进了白桦树的树叶，使得白桦树白得成熟，黄白相应，黄是一丝不苟的黄，是满山遍野的黄；白也是一尘不染的白，白得细腻，白得让人陶醉。冬天的白桦树与地上的积雪交相辉映，更是白得叫人爱惜不已。雪中看白桦林，就像在茫茫人海中遇到老朋友一样，能陡然感到一阵暖洋洋的情谊袭上心头。为能在这茫茫雪域之中看到如此美丽，如此张扬，充满了活力的生命而欣慰。

无论什么时候，走在白桦林里，都能感到一种宁静和清新扑面而来。在白桦林里散步，一切的烦嚣都能被抛在脑后。白桦林是一首诗，安慰了无数的心灵。

白桦树的皮是天然的艺术品，细腻、光滑而又富有韧性。在白桦林里，斑驳脱落的桦树皮随处可见。将这些白桦皮捡回来，做成卡片送给亲朋好友是再恰当不过的了。鄂伦春人就特别喜爱白桦树，喜欢用白桦树的皮做成各种各样的工艺品，还做成闻名遐迩的桦皮船，在黑龙江上漂流。现在，桦皮船已经成为黑龙江上一道独特的风景，吸引了无数到这里游玩的游客。除了桦皮船，鄂伦春人还能用桦树皮制作各种各样精美的礼品盒、包装盒，近年来，还有艺术家在桦树皮上作画，这些艺术品都深受人们喜爱，远销海内外。不少鄂伦春人就靠制作这些艺术品，过上了富裕的日子。

临走的时候，我用相机照下了大兴安岭雪中的白桦林，给这片美丽的树林留下了一个永远的纪念。

但是，在离去的路上，突然发现了一片被火烧过了的、已经枯死的白桦林。一种悲痛涌上心头。美丽的白桦林遭到了如此的洗劫，如此的破坏，只剩下一片废墟。废墟之上，几棵孤苦伶仃的树桩，像被强暴过的少女，痛苦地向我们张望，仿佛在向我们倾诉。我的心在流泪。我为白桦树的遭遇而不安。大火无情，因为它听不见悲痛的哭泣，看不见悲伤的面容，而自以为是最高级的感情动物的人呢？有多少白桦树是倒在人的冰冷而又坚利的刀斧之下。这些手持刀斧的人，看着一棵棵高高耸立的白桦树，傲然挺立在风雪之中的白桦树轰然倒下的时候，难道真的不会怦然心动吗？

不要忘记，白桦树带给我们的不仅是无穷无尽的欢乐，无穷无尽的想象，也带给了我们温暖，带给了我们幸福。我们应该懂得爱惜，懂得保护白桦林了！

野性的小镇

汽车在大兴安岭的林海雪原之中颠簸行驶。眼前掠过的是绵延起伏的森林，波澜壮阔的雪原。那森林，那雪原给我的感觉是格外张扬，格外粗犷，格外野性，让人的胸襟仿佛一下子打开了，有一种淋漓尽致的快感，有一种放声歌唱的欲望，有一种无穷无尽的遐思。林海雪原粗犷和野性之美原来这样引人入胜。

当小镇渐渐映入我的眼帘的时候，我突然增加了一种受到冲击的感觉。

小镇越来越近了。最先映入眼帘的是那一片林立的电视天线。很高，很密，仿佛又长出了一片森林。接着是一排排民居。正是中午时分，家家房顶上的烟囱飘着青色的烟。蓝天、白雪、青烟，构成一幅浓淡相宜、黑白分明的水墨画。

最先迎接我们的是从镇子里跑出的几只狗。它们昂着头，狂吠着，迎着我们的车跑过来，然后又围绕在车的前后左右。它们跑得速度很快，奔跑的姿势也很特别，轻盈、轻松，像在雪上飞。一只浑身黑毛的狗，在雪地里格外引人注目，仿佛一支离了弦的箭。当我们的车子在镇上停下来，我们都下车时，那几只狗却离开了车子，然后分散开，各自守在一户门前。我想它们守卫的就是主人的家吧！

这是一个只有几十户人家的小镇。镇上的房屋大都是木质或者泥土结构。镇上只有一条大街，车辆很多，人也很多。就连几条小街里也停满了车。车大多是运输用的大卡车。有的装满了木材，准备运往山外；有的正吐着热气，驶向深山里的伐木场；有的正在维修。人大都是些壮年汉子，有的在装卸木材，有的在保养车辆，有的在干着杂活。

小镇大街上的酒店一个挨着一个。酒店的名字起得也颇具特色，有的很土，有的很洋，甚至有的酒店用的是外国的名字。由于正值中午，几乎每一家酒店里都是座无虚席。我们停下车，想找一家酒店吃点东西再继续赶路，可是看了几家酒店，都没有座位，只好作罢。屋外的气温很低，但屋内却热气腾腾。那些汉子们十几个人围着一张桌子，有的坐，有的站，桌子上摆着大盘菜，大碗酒。他们有的猜拳行令，不知是酒喝多了，还是喊得累了，个个都是脸红红的。看见我们这几个陌生人进来，他们有的点头微笑，有的还端起酒碗摆出请我们喝酒的架势。

　　同行的朋友见酒店无座位，于是就去商店买食品。小镇上的商店也是一个接一个，名字也形形色色，有的还称为商场，但进去一看，又都是些地方狭小、货物很少的小店铺。于是，我觉得这些酒店、商店的名字很好笑。笑罢又想，从这些酒店、商店的名字，可以看得出这个林海雪原中的小镇并不闭塞。相反，小镇散发着浓浓的现代气息。

　　我听到酒店里几个人的对话，口音很杂，天南海北都有。这就印证了我刚才的想法。小镇上的人来自四面八方，带来的是四面八方的口音，也带来了四面八方的风俗，四面八方的信息。于是，小镇并不小，而是很大。记得有人说过，越是移民地区，发展得越快。因为来自四面八方的人，带来的是四面八方的信息。信息是一种推动力量。从这个意义上说，小镇是林海雪原里的一个敞开的窗口。

　　我承认，我是用好奇的目光打量着小镇。于是，我看到一幅景象：小镇上的人们也在用好奇的目光打量我们。屋子外面的人们，用大胆而且热情的目光望着我们。最动人的是屋子里的人们透过玻璃往外看我们，玻璃上印出了一双双放大的眼睛，一个个挤扁的鼻子，一张张变形的脸，像变形金刚一样稀奇古怪。

　　一辆大卡车在镇上停下。从车上下来10多个壮年汉子，其中有七八个背着行李，一看就是从外乡刚来的。于是，从几个不同的房子里蜂拥而出一帮子人，迎上那些刚下车的人，有的帮着拿行李，有的忙着递烟点火，有的还亲热地拥抱。

"跑了大半天，累了吧？先进去喝几杯酒，暖暖身子，解解乏！"

"这冰天雪地的够刺激吧？在咱们家你做梦都别想梦到。"

一个年轻人跺了下脚，"这土地都结了冰，硬邦邦的"。

我随着他的话，也下意识地跺了跺脚，发现的确像那个年轻人所说，脚下的土地冰得十分结实。

毫无疑问，这是一群跟雪原一样粗悍而又旷达的人！他们和雪原一样对我具有很强的亲和力和吸引力。每天他们在这种简单的生活环境中为了生存忙碌，又在这种充满了无穷魅力的雪和林的世界里感受生命的快乐，他们的情感像雪中的大山一样是粗线条的，又是纯洁的。

突然，从镇上的美容店里走出来一个女人。这个女人不是我们想象中的林海雪原中的那种女人，穿着厚实的棉衣，而是一身时髦的时装。她的生命充满了朝气，她像所有的女人一样渴望美丽，因此，她大胆地拒绝臃肿的棉衣。紧凑而又合体的时装恰到好处地将她身体的曲线表露得一览无余，素雅而又明亮的颜色在雪的映照下像冰雪一样剔透。她围着一条红毛线围巾，满脸笑容地站在雪地里，就像皑皑白雪中的一株红莲一样动人。她是小镇的一道风景，小镇似乎在通过她告诉我们：在这里，生命是充满了活力的，而不是死气沉沉。于是，她的出现仿佛一阵热浪，让小镇一下子热烈起来。那些刚来的汉子们脸上的笑容变得灿烂了。

作陪的地方领导告诉我这个小镇叫十二站，位于古康熙驿道旁边。我们在林中走过的路，也是在古康熙驿道的基础上修建起来的。古时的大兴安岭，人烟稀少，没有道路，更没有村落，修驿道时，便以每天的进度里数，加上驿道的站数来命名了，所以这里叫十二站。自从有了驿站，便有了人。开始是守驿站的人，后来人越聚越多。这不禁让我想起在北京，铁道部一位领导向我讲过的一件事。他说，有不少城市，都是先有了铁路，才有了城市，才有了繁华。他说出了近年来喊得最响的一句口号，也可以称之为一个道理，就是"要想富，先修路"。遥想当年的大兴安岭，渺无人烟，空山鸟语，一片荒凉，深邃而又辽阔的大森林怎么也不会想到，会有今日的车来人往，繁荣景象。

大兴安岭林海深处的小镇，都带着林区特色的烙印。小镇是伐木工人的集散地。每天，伐木工人们乘着车或者雪橇到深山老林里采伐木头，然后再运到小镇来，从小镇发往全国各地。近年来，小镇上的人们又开始搞木材深加工，需要的人多了，来的人也就多了。小镇的其他产业也发展起来。不仅有饭店、商店、美容美发店，还有茶社、洗浴中心、录像放映厅、网吧，城市中有的，小镇上都有。小镇的脚步，紧跟着时代的节拍。

小镇上每个人的生活规律非常简单，偶尔会有一些过路的客人或者专门来访的客户在这里歇脚，吃上一碗热腾腾的面条，闲着的居民们会向他们问这问那，打听山外的事情。客人临走的时候主人会送上一句客气的叮咛，让来到这里的外乡人倍感温馨。当然，大多数的时候你能听到的是这里的男人们爽朗而又洪亮的笑声和女人们热烈而又质朴的调侃。

因为简单所以粗犷，因为粗犷，所以处处透露着野性和天然。野性是小镇的格调，野性也是小镇的魅力所在。

朋友告诉我，小镇上的社会治安很好，人与人之间的关系十分亲密。尽管人们来自天南海北，相处得就如同一家。这一点，我已经感觉到了。其实，同在一方土地上，同在一片蓝天下的人们，就应是这样。

汽车远离小镇而去，我没有回头，但是却似乎能感到小镇的居民还在张望着我们，似乎还能听到他们的笑语喧哗和对客人的种种调侃在温暖的木屋里飘荡。直到我离开大兴安岭之后，小镇的景象仍然不断地在我的大脑里盘旋，久久不能离去。一种声音在我的心底召唤，这强烈的召唤让我就这样永远停留在这里！这种召唤甚至让我热泪盈眶。就这样跟小镇一样，跟小镇上所有的居民一样在这林海雪原之中体会生命的张扬，体会心灵的淋漓尽致的宣泄，多好！不再被都市的拥挤和烦嚣困扰，不再呼吸受过污染的空气，可以在这里张开胸怀，渴望飞翔。我突然感觉到，似乎自己所有的梦想都能在这上面实现，所有的创伤都能在皑皑白雪中得到抚慰。

告别大兴安岭，回到北京后，每当心情特别烦躁的时候我回想在小镇的种种见闻，竟能舒缓自己的情绪，在满是香烟的房子里竟能淡淡一笑。

守金汉子

大兴安岭曾经盛产黄金，大批淘金人涌入大兴安岭淘金。最兴盛的时候，是在清朝后期，大约是光绪时期和再往后的一些时候。那时候在漠河、呼玛两个主要矿区，分布着从天南海北蜂拥至此的淘金汉子。有了这批淘金人，才逐渐有了一个个原始的市镇。金矿产量丰富后，清朝专门设立了督管金矿开采的官员，并重修康熙年间开设的驿道以运送黄金，供应衣食。围绕着金矿，围绕着这些淘金人，生发出了太多的故事。比如李金镛，比如妓女坟。

和所有不可再生资源一样，金矿的开采是有时限的。当储量降到一定的水平线以下后，大规模的开采就终止了。大兴安岭上的黄金，经过200来年的开采，现在除了少数几个矿区还能维持规模开采以外，其余地方已经基本不见有组织的开采活

动了。昔日那条"老金沟"，现在是彻底"老"了。以前众多淘
金人盘踞在此，终日淘金的壮观场景，已经成为历史中的黑白
书页，在岁月中逐渐泛黄，淡去。不过，黄金仍然是让人心动
的东西。虽然已经没有足够的矿石供大规模开采，但是仍有个
别的淘金人愿意留在这条"老金沟"，继续着如同大海捞针一般
辛苦的淘金生涯。

其实在此之前，我并没有想到居然到现在这般的年月里，
还有人以淘金为生。自然，就更没有想到，天寒地冻的冬天，
滴水成冰的大兴安岭里，还有淘金人在河边守候。这些一个冬
天都守在封冻的河床畔等待来年开春河水解冻时好淘金的男人
们，人们管他们叫作守金汉子。

我们驾车从韩家园子前往加格达奇，走的是新建的国道。
沿着国道旁边，是当年的古驿道。那上面有康熙派往雅克萨的
军队留下的蹄印，有运送军粮的车队留下的车辙，有淘金人走
过的匆匆脚步……那是一条太过于古老的记忆，镌刻在大兴安
岭的土地上，铭记在大兴安岭的历史中。这条现在几乎已经荒
废的驿道，伴着这条新建的马路，要走过好几程的路。一新一
旧，在这里近乎平行地延伸着，最后，还是分开。这样的效果，
不知是特意安排，还是出于巧合，但是的确很容易引起人们各
种各样的遐思。

一路走来，或者在转弯处或者在两侧的树丛中，一条银亮
的带子仿佛是随着这两条年岁不同、意义不同的道路迤逦徘徊。

有河，被冰层层封住的河，并不奇怪，淘金是离不开河水的，有水的地方才能够淘金。不过现在河已经彻底冻住，不到四五月，是不会解冻的。没有流动的水，淘金人自然是无事可做，所以即使在从前淘金最热的年月里，每年的这个时候也是没有人守在这附近的。河面满是冰，本来停泊在河畔的船，没有被拖上岸，自然就被厚厚的冰给冻住，只能停滞不动地待在亮白的冰面上，失去其本来的功用。

在有船停泊的水域附近，通常我们能够看到一间小木屋，孤单地待在那里，屋顶上的烟囱没有冒出烟来，看来屋子里没有人。那木屋极小，充其量能够住下两个人。但是在这个地方修筑木屋的人是谁呢，当时的我并不知道。于是问同车的朋友。得到的回答是，那是那些淘金人的屋子。春夏秋三季，他们通常都住在这里，守着河床就近淘金。不过冬天没办法淘金，估计都回家去了。你没见屋里没有生火炕，烟囱都是冷的？

于是我们继续往前走。我们的目的地不是这些木屋，自然没有理由为它们而停下来。

开出去还不到 200 米，突然车停下。正在惊奇，发现前座的司机摇下车窗来和人说话。于是我也把车窗打开，是一个 50 岁开外的汉子，操一口东北口音。他说要去十二站镇子上，看见我们的车，就试着招手，想看看能不能捎上他，带他一程。因为顺路，车上又还有足够的空间，我们自然没有理由拒绝他，于是打开车门请他上车。他连声说着道谢的话，上了车。

　　车上多出一个陌生人，结果自然是话题陡然增加，大家谈兴高涨。一开始以为他是十二站当地人，于是疑惑他怎么会只身在这个前不着村后不着店的地方，而且没有交通工具。一问才知道，他不是当地人，也不是从十二站过来办事，他是守金人，常年待在河边淘金，到了冬天守着河等冰消雪融好淘金的守金人。他家在吉林，老家那里很有些人千里迢迢来大兴安岭这里淘金，老实说还真给他们淘到不少，收获不错，于是也就算得上是发家致富衣锦还乡了。这样就惹得一帮年轻人也起了兴趣，跟上一两个还愿意过来的人，包袱一打就来了老金沟。他过来这也是第三年了。前两年收入都还不错，每年冬天也就都收拾收拾回家过冬，顺便把一年的积蓄带回家去。其实谁都知道冬天守在这冻得跟石头一样硬的河边没有什么意义，瞪着那冰面瞪得再久也瞪不出金子来。其实之前他也一直想不通为什么有人冬天宁愿守着这满山遍野的冰天雪地也不肯回家，跟妻儿老小好好聚一聚，热热络络地过个年。反正早两年他到时候拎起东西就走了，也没有想过要去关心那些人不回家的理由。

　　说起来淘金真的要靠运气，运气好的走路都能踢出块金子来，运气不好，你就算把整条河都洗一遍也找不到一粒金子的影子。说到这里，这个看起来开朗爽快的东北汉子不由得叹一口气。可能前两年运气太好了，今年一年时运都背。春天过来，到秋天都完了，手头的东西连去年的三分之一的数量都不到。算起来不但没有赚头，搞不好还折本。这样一想，怎么样也不甘心。又想到家里人对自己的期待，更是连回家的念头都不敢起。男子汉大丈夫出来一年了，到年关一分钱都带不回去，这样丢人的事情，真不愿意干。有时候又想，留下来的话，说不定哪天突然运气回转，真的在沟里刨到金子；就算没有这样的大运，自己一直守在这儿，明年一解冻就去找，那会子人少，机会也会多一点。想着想着就这么留下来了。

　　问他这个冬天有没有什么意外收获，他愣一下，先是不说话，过了半天嘴角扯出个弧度来，似笑非笑的："你说哪个天上也没见到掉馅饼吧，我咋就有本事走路都能捡到金子呢？要是真的撞大运捡到了，我现在也不会在这儿了，早就回家待着去了。天寒地冻的，谁没事跟这儿瞎溜达的，您说是不是？"

　　说起回家，他的脸色一下子黯淡下来。问他是不是想家，他嘿嘿两声，像笑又像哭的。"你说怎么能够不想家呢？这次过来到现在，已经一年多没回家了，也不知道家里的老老小小到底怎么样。老爷子关节有没有发病，妈的腰是不是还在痛，出来时还是抱着的儿子现在会不会走了，还没听他喊过爹呢。还有媳妇儿，一个人出来，把一大家子都丢给她。有时候晚上一个人躺在床上，听外面林子里雪簌簌落的声音，就觉得鼻子酸。想家，但是又回不去，只有趁着到镇子上买日用品的机会，拐到邮局给家里寄封信发个电报。"说到这儿他痛下决心，说下次回家一定给家里装一部电话，打电话比写信可好多了，好歹能听个真儿。

　　一路走一路说，看看已经到了十二站。他让我们靠边一下，他就下车了。临下车前，我抓着他，想了半天，只说出一句话来："明年冬天，不论发财不发财，你还是回家吧！家里人不会只图钱，他们图的是你这个人。"

　　听了我的话，他半晌没吭声，只是用力地点头，一直点了好几下。然后撸了撸鼻子，冲我们大大地咧嘴一笑，掉头走了。

　　我一直看着他的背影，直到它变小，最后消失不见。我坐在车上，由衷地想，希望明年冬天，冰河旁边的小木屋里，不再有不得已的守金汉子。他们应当和我们一样，幸福地待在温热的家里。

大子羊山旅馆

大子羊山距大兴安岭的加格达奇不到 100 公里，所以，尽管它是一个交通要道，但平日里停下的车辆和行人并不多。半山腰上的几排房屋，大都"铁将军"把门，只有两处的房舍开着：一处是加油站，一处是小旅馆。

同行的朋友告诉我，大子羊山是一个避暑胜地。每到夏天，大子羊山美丽的大森林、宽广的绿草地、奔腾的呼玛河，总是吸引着长期在森林里居住的人们，同时，也吸引着一些大城市的人们。那个时节，是大子羊山最热闹最繁华最风光的时候，漫山遍野是人是车。有人形容说："掬一捧呼玛河水都是欢声笑语。"

站在大子羊山举目远眺，眼前是一片方圆几百里的宽阔的雪原，远处是连绵起伏的群山。冰雪覆盖下的呼玛河，宛如一条银色的飘带。这里，粗犷而又豪放的景象，与大兴安岭其他地方相比，的确有其独具一格的特色，独领风骚的魅力。

我们到大子羊山的时候，已经是下午 1 点多钟。一早就从住处出发，在雪地上驾车行驶了 5 个多小时，每个人都很疲倦。早上吃的早餐，经过长时间的旅程，已经消化得七七八八，再不祭祭五脏庙，下面的路程，恐怕熬不住了。同行的一位朋友早已忍耐不住，两眼四处张望，刚到半山腰，就兴奋不已地招呼我们："看，那家旅馆的烟囱还在冒烟！走，咱们过去瞅瞅有没有什么吃的，好歹先垫一下肚子。"尽管我们对这家身处偏远之地的旅馆的饭菜质量有所怀疑，但由于辘辘的饥肠已激动起来。于是大家鼓起精神，走进那家小旅馆。

说这是家小旅馆，的确不冤枉它。前前后后，一共只有 4 间屋。房顶的烟囱直直地伸出来，缕缕地冒着青烟。许是因为烟囱的热气，房顶上靠近烟囱的地方，积雪融化掉了，露出一片秃秃的屋顶。屋子漆着本色的漆，有些地方的漆已经脱落了，又没有什么装饰，所以显得很简陋。门框上，像很多大兴安岭乡村人家一样，挂着几根老玉米。靠大路的那面，写着几个黑体字"大子羊山旅馆"，简单明了，没有任何让人遐想的空间。

我们推门进去。屋里有一张火炕，火炕上盘腿坐着两个妇女，正在一边唠嗑一边做着活。看见我们进来，两人连忙从火炕上下来，急急忙忙赶过来招呼。

这是两个人到中年的妇女，个子都不高，也就 1.6 米左右，说不定还不到。一个胖一点，一个稍微瘦一点，年纪不相上下，即使有差距，大一些的那个也不过40岁左右，另一个可能稍小两三岁。让人一看上去，就像电影电视上经常见的东北妇女，面色红润，精神焕发，体魄强健，穿着也很俭朴，衣裳颜色都是偏黑色系，式样比较陈旧，袖口和衣摆处甚至能看见洗磨出的毛边。

左右打量一下房间，雪白的墙，看得出来不是新粉刷过的，但是保持得非常好，几乎没有什么污渍和泥垢。靠墙的地方是一张土炕，土炕对着两扇门，看来可以通往剩下的几间屋子。对着土炕的是一个类似柜台的装置，上面摆放着一些零碎物品，仔细看了一下，大多是些快餐食品，有火腿肠、方便面、袋装豆干等。由此看来，这间屋子应该就算得上是这间旅舍的大堂吧，不过，还兼任两位女店东的休息室。

两位店东极其热情地招呼我们，不停地向我们介绍旅店的情况。这间旅店有3间屋子可以充当客房，每间屋子里备有土炕，可供5到6人同时居住。多了也可以挤十几个人。每人每晚收费5元，算是相当便宜了。我们是中午时分到的大子羊山，下午还要赶往加格达奇，所以没有打算在这儿住宿。我们婉拒了老板娘带领我们逐一参观每间客房的好意，仅仅在门口扫了一眼。屋里烧得热气腾腾的土炕上铺着棉褥子，上面有素色条纹的被单，尽管都是半新不旧，但是却非常干净、整齐。整个房间收拾得简单朴素、干净利落、清清爽爽。

当我们确定了这家店的卫生标准值得信赖后，立刻"单刀直入，直插主题"，向店东提出准备饭菜的要求。听到我们的要求，两位女店东面面相觑，竟然有点不知所措。我们看到老板面露难色，不免觉得有些奇怪。毕竟，旅馆嘛，不就是提供客人食宿便利的地方吗，为什么会对客人的就餐要求感到为难，无从回答呢，这岂非与其经营目的不相符合？

面对我们的疑问，两位女店东露出很抱歉的神情。其中一位告诉我们，因为来这个店的客人大都是跑长途运输，夜间经过这里，累了，休息一下，天刚亮就出发，也有就餐的，就是买点诸如方便面、火腿肠之类的方便食品。

"像你们这种坐小车的，有几个住这种旅店，吃这种饭呢？"年纪稍小的女店东实话实说。

我和同行的几个朋友默然。毕竟十分饥饿了，我们每人买了一点方便食品，就着开水吃了起来。两位女店东跟我们拉起了家常。

说起来，这两位女店东都是下岗工人。两人原来在一起工作，相处得如同姐妹。下岗以后，经过一段时间寂寞，一段时间无聊，两个人都觉得不能坐吃山空，想自己出来做点事情，于是，两人一起来到大子羊山。来的时候是夏天，山上正是人如潮水的日子，两个人忙碌一阵，有了一些收入。到了天冷的时候，客人少了，很多人关上门回城去了。她们一合计，回城里也没多少事做，就包下了这家旅店。

"平时，客人多吗？"

"不多，一天有个七八个。"

"那你们不就要赔本了吗？"

年纪大的女店主略带深沉地说："我俩啊，也不全是为了钱。孩子都大了，家里事也不多，闲着也是闲，弄不好整一身病。这也是个寄托吧。"

年纪稍小的女店主接上说："也有人多忙不过来的时候。前些日子大雪封路，有几辆过路的长途运输车在半山腰停了。司机加上跟车的十几个人，在这里住了四五天。那几天又是烧水做饭，又是和他们打牌逗乐，累得腰都直不起来。"

"那他们得好好感谢你们！"我的一位同行说。

年纪大点的女店主不以为意地说："几天下来，大家都混得很熟，像兄弟姐妹一样。再说，人，也不能赚黑心钱。赚了黑心钱，夜里睡觉不踏实。"

年纪稍小的女店主又接上说："那几辆车经常从这里过。从那几天混熟后，他们每回经过这里，只要不急着赶路，都要下来喝口水。他们有时也带点城里的东西给我们。不客气地说，听汽车的喇叭声，我都知道谁又过来了。"

年纪稍大点的开心地笑了，说："有一回回家，见了也是开旅店的朋友，她对我说，有一个司机说'大子羊山上那个小旅店两个大姐人真好'。我听了，眼泪都掉下来了。人，活得是什么？活得就是被人承认。"

　　离开了大子羊山旅舍，我们继续朝着加格达奇前进。一路上窗外的雪渐渐大起来，一片片，像飞花一般。我不由得想到了春天，繁花似锦的日子。那时候，大子羊山的小旅舍，想来是焕然一新了。那两位朴实热情的女店东，可能要在新盖起来的厨房里高高兴兴地忙碌着。外面的堂屋里坐满了往来的客商，大家吃喝谈笑，兴高采烈。

　　那将是多么美丽的春天啊，我暗暗地感叹着。

　　而更让我感叹的，是那位年纪稍大的女店东的话——"活得就是被人承认"。

大子羊山小憩

在大兴安岭的林海雪原中开车旅行，既能让人获得欣赏北国冰雪壮丽的风光，享受雪中驾车的刺激惊险带来的快感，但也会让人尝到长途跋涉的艰苦，以及长时间被封闭在车的狭窄空间的沉闷。汽车在茫茫雪原上行驶四五个小时看不到人烟是常有的事情。所以，车行一定时间，我们总会停下来稍作休息。

我们一行是吃罢早饭从韩家园出发的，原计划中午可以到达加格达奇。车行了一个小时，才发现走错了路。在大兴安岭林区走错路的事情是经常发生的，尤其在冰雪封山的季节。也正是这一错，让我有机会认识了大子羊山和大子羊山人。

那天，因为走错了路，我们驾着车在雪中穿行了一上午，一直到中午一点左右的时候，离我们的目的地加格达奇还有两个多小时的车程。同行的朋友肚子饿得都有点撑不住了，车里油也不多了。这个时候，唯一希望的就是能找个地方小憩一下。

大子羊山就是在这个时候出现在我们眼前的。

首先映入眼帘的是一片空旷的平原。这是在大兴安岭林区很难见到的大片平原。那一片平原四周是绵延起伏的大兴安岭山脉，以及苍茫浑厚的大森林，更衬托出皑皑白雪覆盖下的平原辽阔。雪地上，有一片牛群，有1000多头。雪地上突然出现这些生灵，给人的感觉是那么美好。

"那些牛儿在雪地上吃什么呢？"我不解地问。

同行的朋友回答说："这个地方叫大子羊山，是大兴安岭土地最肥沃的地方之一。这里一年可以种一季庄稼，那些牛儿吃的是埋在浅雪里的干草。"

这时，我看到了雪地上的一个个干草堆。可以想象，在大兴安岭的春夏来临的时候，这片平原上草绿花红，风光明媚的情景。同时，我也看见了冰雪覆盖着的一条河流。那条河流横穿这片平原，两岸坐落着一座座风格别致的别墅。朋友说那些别墅是度假用的。到了夏天，遍野花红草绿，河水碧波荡漾，前来避暑的人络绎不绝，一派繁荣景象。

在草原的另一边，出现的是山的影子。朋友说那是大子羊山。

远远望去，大子羊山上有一个黑点。近了，才看清有一片房子。到了大子羊山脚下，又看见一个高高的架子，上边有风轮在转动，好像是用来发电的。这就告诉我们，这个山上有人烟，有生活。

汽车抵达半山腰。车靠着路边停下。我们一行下了车。我看清这里是个加油站。在加油站的旁边，是一排房子。在一间房子的门上挂了一个醒目的牌子，上书"大子羊山加油站"一行字。

这半山腰的地方，算得上是前不着村后不着店的，很是荒凉，除了这间小小的加油站外，就只有几间同样规模的旅店了。想来这会儿工夫客人不多，所以听到我们停车的声音，加油站的主人迎了出来。

这是一个中年男子，是这里的管理员。他把我们招待到加油站里休息，然后自己去给汽车加油。

房间不大，东西也不多，相当简陋。屋里有一张半新不旧的书桌，靠着桌子摆着几把椅子，书桌上放有一个电话。书桌背后的墙上贴着管理规则，两张老大的纸，写得密密实实全都是字。我粗粗一数，少说也有 20 来条。书桌对面是一张火炕，炕上摆着叠得整整齐齐的被子。对着炕头的柜子上放着一台彩电。电视机这会儿正开着，正在放昨天新闻的重播。除此之外，小屋里就几乎看不到其他有价值的东西了。看来，这间小屋不但是这位管理员的办公室，也是他的卧室。

不多会儿，管理员加完油回来了。因为他和我同行的一位朋友认识，所以拉着他开始唠嗑，当然，谈话的主要内容还是集中在这家孤零零的加油站和他这唯一的管理员身上。

据管理员介绍，大子羊山是大兴安岭交通网上一个非常关键的枢纽地带，虽然人烟稀少，车流量却不少。所以专门在这里设立了加油站，派驻专人值班，就是为了满足往来车辆的需要；同时，也是为了定时进行道路保养和管理。

加油站的管理员的家和家人都住在百里之外。这里的管理人员只有他一个，没有人和他轮值换班，如果他要请假休息，就要有人来接替他值班。这间加油站不能关门谢客。正因为如此，一年到头，他几乎没有多少休假的机会。即使是逢年过节，他也很难有机会回家看看。大多时候是家人有空了就过来看他，但终归是十天半个月也见不了一面。平日，他一个人孤单地守在这偏僻的半山腰，守着这小小的加油站。

由于地理位置比较偏僻，加油站附近并没有通电。在这里生活所需要的一切电力，都靠那台风力发动机提供。那台彩电还是领导们在头一年的春节专门给这位管理员同志送来的，那也是他唯一的娱乐设施和"奢侈品"。他总愿意看看新闻，虽然那些事情离他很遥远。他也喜欢看地方台里的文艺节目，尤其是东北的"土特产"——二人转，当然还少不了赵本山的小品。那些朴实的笑话，总能让他一个人乐上半天。

管理员的工作很单调。每天，他早起的第一件事就是检查整个加油站，看看用来发电的风车运转是否正常，仓库里堆放的汽油有没有泄漏，仓库附近有没有易燃易爆物品……任何一个细微的环节都不能忽视，任何不妥当的隐患都必须立即处理。等例行检查工作结束，他还得回到屋里记下当天的检查情况，事无巨细，统统都得记录在案。这之后，一天的工作暂时告一段落。接下来的时间，就是等待途经大子羊山的汽车到这里补充燃油了。就这样一天过去，夜幕很快降临。同样，睡前也是例行工作的时间，他必须比照早晨的工作内容再次仔细地把整个加油站检查一遍，直到确认一切正常后，他才能休息。

除了这些日常的工作外，有时还会突然爆发一些意外状况，让人拙于应付。每逢这种时候，他的负担就更重了。年初，就发生过这么一个例子。那是春节过完没多少日子，一年中最冷的那几天。一天半夜大概两点多，他睡得正熟，恍惚间听见砰砰的声音。他披衣起来，发现门外正有人在砸门。一问才知道是过路的司机，路上油箱裂了，油漏了个七七八八，再也挪不动窝了。不得已，司机只好把车停在山脚处，自己爬到半山腰加油站来找人帮忙。已经连敲带喊折腾了七八分钟，看屋里实在是没动静。没辙，只好砸门了。一听这话，管理员连忙穿好衣裳出门，到油库里装了一桶油，拎着灯跟司机赶到山下。好容易到了山下，仔细一检查，才发现油箱上裂了老大一口子，油往外直流。即使把油箱加满，开不出几十里油就又漏完了。无奈，两人只好决定先给车加点油，好歹把车弄到山腰加油站那儿，等明早上天亮了再想办法。当天晚上，司机就在管理员的小屋里，两人凑合了一晚。第二天天一亮，管理员就帮着司机拨通了救援的电话。中午时分，救援人员带着工具和新的油箱抵达了加油站。帮着司机换好了油箱，下午一点多，那位在大子羊山耽搁了大半天的司机，终于启程了。送走了这位陌生的客人，加油站又恢复了往日的沉静，只有管理员一人在这半山腰的小房子里，迎送每天的日落日出。

日复一日，年复一年，大子羊山的加油站和它的管理员一起，在这荒凉的半山腰过着简单到单调的生活。同样的工作被成百上千次地重复，就成了考验人类耐性和责任心的最好工具。管理员的工作固然简单，但要保证每次工作都认真细致，毫无遗漏却不是一件简单的事。由于疏忽而造成的过失是不允许的；更加不可以因为重复劳动就心生厌倦，敷衍了事。一次的懈怠，就势必给以后的工作带来巨大的影响。千里之堤，溃于蚁穴，这是这个沉默却坚忍的汉子时刻提醒自己牢记的警言。认真地完成每一项工作，杜绝任何失误，这么多年来，他就是这么严格地约束着自己走过来的。在这高高的大子羊山上，他一个人坚守着所有的规则，从不逾越，从无怨言。

我们的车缓缓驶离大子羊山。半山腰处小小的加油站再一次浓缩成一个黑点，在我们的视野中逐渐淡去。一路回想管理员那间小小的屋子、朴实的话语和憨厚的笑容，我的心情一直无法平静下来。我突然回忆起年幼时学过的一篇课文来，文中讲述了一位铁路巡道工的故事。那位淳朴的巡道工，每天独自行走很远的路，一根一根枕木地查看，风雨无阻。几十年下来，他走过的路可以围绕地球几圈。那位巡道工的形象和刚才那位管理员逐渐重叠起来，同样的平凡，同样的普通，同样的伟大。我们的生活中，正是因为有了他们那种人，才更加丰富多彩，才更加热火朝天。

江在脚下

　　冰封的黑龙江，并非只给人寒冷，相反，是一个锻造激情、融化冷漠的熔炉。

　　在大兴安岭的日子里，我们多次行驶在冰封的黑龙江上。被冰雪覆盖的黑龙江上，汽车在跑，爬犁在飞，人在行走。黑龙江居然成了一条天然的通道，方便在林区生活的人们取此捷径驾车往来，这倒是来之前我没有想到的稀奇事儿。

　　黑龙江流经大兴安岭达 800 公里。它又是一条界江，江两岸分属我国和俄罗斯。我们甚至不用下车，就可以一览对岸俄罗斯村庄的冬景。村庄外，望不到尽头的森林苍苍茫茫;村庄内，几处屋舍于雪中若隐若现。远处的白雪映了日光，淡淡的竟然泛出蓝色来，分外好看。也许是没被污染的原因，黑龙江上的雪也白得出奇。

车在厚厚的坚冰上行驶，我们脚下便是我久仰大名、神往已久的黑龙江。平素里汹涌澎湃、白浪滔天、一泻千里、气势如虹的黑龙江，在寒冬里也收敛起往日的霸气，用厚厚的冰层将自己遮盖起来，沉静地在冰面下做为期 5 个月的漫长等待。它甘心蛰伏，是为了韬光养晦，只等到来年春花烂漫春草齐时破冰而出，恢复它狂野而激荡的本性，卷起高高的浪头，激起漫天的水雾，一路高歌狂舞，挟雷霆之势，呼吼咆哮着奔腾着入海而去。

宁静的黑龙江很美丽。亮白的冰面衬着两岸苍翠的森林、皑皑的积雪和晶莹的树挂，有一种平日里领略不到的宁静的美，格外引人入胜。有时候雪过天晴，天空泛出湖蓝色，微微的太阳光洒下来，偶尔一阵轻风吹拂过，树枝上的积雪烟尘般迷漫开来，被日光一照，仿佛霓虹般七色的光华流动，美不胜收。如若这个时候林海中有隐隐的音乐传来，那简直让人怀疑是身在仙境了。

不过，在冰封千里的黑龙江流域，你不但能够见识到这样人间难得几回见的细腻柔美的风景，更能领略到黑龙江独有的雄浑壮阔、狂放豪迈。放眼看去，望不到尽头的冰河在大兴安岭巍峨的山岭间极尽能事地起伏飞腾，如一条冰雪铸就的巨龙直欲乘风而起，破空而去。那壮丽的景象，完全无法用笔墨来加以形容。除非身临其境，亲自去感受那苍茫无际的壮阔景象，否则是无法体会到当时我所受到的震撼和激荡的。

　　我的心情随着这冰封的长河，起伏跌宕，激动得无法抑制。而我们的车，就乘着这条银色的巨龙，翻山越岭，向我们的目的地一路飞驰。

　　陪同的朋友告诉我，2004年2月16日，漠河举办了第一届"中国北极漠河·黑龙江源头冰雪汽车挑战赛"。那是一场真正的冰雪盛会。早春二月，正是一年中最寒冷冰冻的日子，那段时间漠河的气温甚至达到了零下40多度，可以说是呵气成凌，泼水成冰，气候条件相当严酷。然而，这丝毫没有影响到参赛者们高涨的热情。90多名国内外车手驾驶着心爱的铁骑，从四面八方聚集到大兴安岭白雪皑皑、千里冰封的黑龙江畔。他们将要驾车驰骋在千里冰封的冰冻江面，向着位于黑龙江源头洛沽河口的目的地进发。

　　比赛当日，40多辆参赛汽车开足马力，在辽阔的黑龙江坚硬的冰面上奔驰，轰鸣的马达声响彻云霄。车手们尽情地在江面上展示技巧挥洒激情。车过处，旋起一片积雪，烟笼雾罩般遮去人的大半视野，于是，本就激烈紧张的赛事越发惊险。虽然因为种种原因，前来参赛的车辆和车手并不是很多，但也无损冰上赛车这前所未有的创举，给大兴安岭人乃至全中国、全世界的汽车爱好者们带来的激动与震撼。试想，一辆辆赛车卷着积雪呼啸着飞驰而过，引来一阵阵惊叹与喝彩，在大兴安岭莽莽林海上空回荡，经久不去。那是一场多么激动人心的比赛啊，那又是一场多么欢快、多么热烈、让人舍不得把眼睛移开的盛

宴！冬日里沉静的黑龙江几时体会过如此的喧嚣和激情，冬日里空寂的大兴安岭何曾领受过如此的关注？对大兴安岭人而言，这不仅仅是一场单纯的汽车拉力赛，它更是一个契机，是一扇门窗，一个口岸，把林海雪原的美丽和激情，传达给所有前来参赛的选手，更通过他们传遍大江南北，祖国各地。可以说，这是一场带来"春天"气息的比赛，它不但激活了冰封的黑龙江，更是给寒冬里冷清的大兴安岭注入新的活力，带来新的希望。

陪同我参观的地方领导人告诉我，在挑战赛期间，组委会方面还组织了包括边塞风光摄影展和书画展在内的各种丰富多彩的文艺活动，目的想把挑战赛办到最好，让远道而来的八方宾朋乘兴而来，满意而归。在大兴安岭地区颇富盛名的"北极熊"冬泳队也到场助阵。队员们在黑龙江上凿开一块坚冰，冒着零下40多度的高寒进行冬泳。他们挑战极限，挑战自我的表演赢得了所有在场的观众雷鸣般的掌声。

据当地领导的介绍，过去，冬季是大兴安岭地区旅游淡季。寒冷的天气让很多人闻之却步。于是，冰雪中的大兴安岭虽有美景奇观，却一直乏人问津。大好的旅游资源如此闲置，实在是让所有大兴安岭人感到憋气不已。近几年，冬季到大兴安岭来的游客多起来，每年都以数万人递增。大兴安岭人也想方设法，利用大冰雪的独有优势，开发一些旅游项目。因而，这次举办漠河冰雪汽车挑战赛，所有大兴安岭人都憋足了劲，下定决心不做则矣，一做就要做它个一鸣惊人、一炮而红。然后，借此东风，把冬季的大兴安岭推销出去。

我相信，凭着大兴安岭人的智慧和热情，用不了多久，四方来客将源源不断地涌入大兴安岭，来拜访这片"冬有冰雪世界，夏有清凉世界，秋有多彩世界，春有活力世界"奇异而美丽的土地，来聆听黑龙江或轻柔或雄壮的歌唱。

冰雪可以封冻的是江水，但冰冻不了人的思想感情。

林区的公共汽车

在大兴安岭林区冰雪覆盖的道路上，我们几次遇见缓缓行驶的公共汽车。那些车上都坐满了乘客，沿路不断有人上下车。车站有的在小镇上，有的在林中，也有的时候招手即停。

朋友告诉我，林区的公共汽车是一道独特的风景，是一个流动的家庭。由于冰雪覆盖，道路狭窄，公共汽车在林区的路上行驶得特别困难。再加上大兴安岭地广人稀，一个站跟另一个站的距离很远，所以有时候要行驶七八个小时才能到达一个休息地。因此，在大兴安岭坐公共汽车，常常会到了吃饭的时候没有到达休息地，无法正常就餐。这时候，车厢里有带着食品的乘客就会掏出食品和大家分享。带食品的乘客一点也不吝啬，吃了别人东西的乘客也总不忘感谢食物的给予者。

大兴安岭林区常常几十里不见人烟，更难找到厕所了。

所以要方便的时候，通常是司机把车停下，男女下车就地方便，车的一侧是男乘客，车的另一侧是女乘客，没有人害羞，也没有人认为自己的行为有什么不妥，更没有人指责这种行为不雅观。

在大兴安岭林区坐公交车，等于去了交际场所，往往能交上很好的朋友。车里的乘客有熟悉的，有不熟悉的。大兴安岭林区那么大，相当于浙江省，不熟悉的还是多数。车里不像大城市的公交车里那么拥挤，更没有像大城市公交车上常常因拥挤而打架骂娘的事。坐在车上，大家你一言我一语，很快就会聊到一块儿。有时候，聊的是一些家常话，互相高兴一下或者互相叹息一番，心中的郁闷会突然减少许多；有时候，一些人

讲笑话，另一些人在听，车厢里就会时不时地爆发出阵阵爽朗的笑声。乘客们不管认识还是不认识，相互之间都会问长问短的，没有人觉得别人冒犯了自己，也没有人会想到这样做会冲撞别人。往往是，一个人要是有了烦恼，如果在车里说了出来，大伙儿就都会为他出谋划策或者解劝他，一趟车坐下来，有的人的想法会改变很多，人也会变得乐观起来。据说，前年有一个女孩子因为和家长怄气，一气之下离家出走。她上了一辆公交车，上车后一直沉默不语，别人谈笑风生，谈到满车人都逗笑的笑话时，她也无动于衷，于是，引起了人们的注意。一开始，有位大妈试图让她说话，没有成功。后来，大家用眼神交流心意，编了一个又一个笑话，终于把她逗笑了，也说话了。在这种情况下，人们又变本加厉，乘胜加油，引出了她的心思。再后来，人们给她讲道理，帮她分析问题，研究对策，终于让她放弃了离家出走的想法。她的父母知道这事后，用了一段时间，按照车号找到了她乘坐的那辆公交车，要感谢当天那些好心人。司机笑了："乘客来来往往，到哪儿去找那一班车的乘客啊。"

大兴安岭林区的公交司机也很少有像城市里的公交司机那样心烦气躁的。他们总是很随和地对待每一位乘客，有时候个别乘客车票钱不够，他也就算了。有时候，车里的乘客穷极无聊的时候就会拿司机来开玩笑，大伙儿一起涮司机，司机也不会生气，呵呵一笑跟着大家一起乐。老在一条路上跑，司机和乘客都熟悉了，见了面招呼打得特别亲热。

　　我也曾经到过其他的城市，见过别的城市的公交车，跑得飞快。有些地方人的素质低，上了车，稍微挤着了就会骂骂咧咧。乘客上了车宁愿自己发呆也不愿意跟陌生人搭话，如果有人问上一两句估计就会有人翻脸，老是觉得别人冒犯了自己。

　　大兴安岭人都活得比较开朗，尽管很多人也许就一个人住在深山老林里，但是大兴安岭很少有人活得不开心，他们活得很宽容，也很有爱心。我想大概是因为在这种空旷的森林里，人们更能体会到生命的珍贵，也更能体会到爱和宽容的重要性。从大兴安岭的公交车上的这种气氛，其实很能看出大兴安岭人的心态和生活习惯。

　　在大兴安岭，人与人之间是没有距离的。

　　在大兴安岭林区坐公交车，车要是在中途抛锚了，全车的人都非常自觉地下车帮着司机推车。这种场景让人挺感动的，乘客一边推车，一边打趣着司机，就好像这事儿也值得乐一乐似的。不过要在别的地方，碰上这种事情，乘客难免要骂骂咧咧地埋怨老半天，到最后司机和乘客都会非常焦躁。

　　我的一位大兴安岭的朋友对我说，他爱大兴安岭，不习惯在外面生活。曾经有一度他在一个大城市里待了一段时间，尽管城市的马路比大兴安岭的马路宽阔，交通方便，但是他在城市里就特别不适应，朝思暮想地就是想回家。终于熬到过年回家了，在加格达奇下了火车，坐上了回家的公共汽车，车里的那种热烈的气氛，让他感到特别亲切，还没有到家门，就体会到了一种回到了家里的感觉。现在,他再也不愿意离开大兴安岭。他跟我谈起大兴安岭的公交车，感慨颇多地说，其实从一个细微的地方就可以看出一个地方的人文特色，大兴安岭的人文特色从大兴安岭的公交车上就可以看出来。林区的群众是淳朴而又和蔼的，对同胞充满了关爱。现在，这种关爱在别的地方已经很难找到,社会越往前发展，人与人之间的关系却愈来愈冷漠，这种冷漠是人性的一种退化。

闲下来的时候，我也曾经不止一次地想过这个问题。为什么会出现这种现象呢? 随着我们生活越来越现代化，人们的生活节奏在空前地加快，现在已经很少有人会选择坐七八个小时甚至更长时间的公交车了。城市越发达，道路越通畅，交通也就越方便，这在客观上让人与人之间交流的时间变得越来越少了。再加上近几十年来，人口迅速膨胀，公共空间变得越来越拥挤了。在这样的一种情况下，人性是难免要退化的。也只有像大兴安岭这样的地方，才能给人足够的时间，足够的空间来进行情感的交流和沟通，因此，大兴安岭公交车的特色是不足为怪的。尽管不足为怪，但是，在这样的时代，这种独特的现象还是难能可贵的。它的背后是一种深刻的人性化的关怀，这种关怀已经越来越少，越来越宝贵了。

难怪大兴安岭人都不愿意出来，这样和善的一个环境的确让人有足够的留恋的理由。

想出去闯一闯的女孩儿

20 世纪 80 年代中期，差不多全中国的年轻人都会唱一首歌，那首歌的歌名是《外面的世界》。多年过去了，当时唱着这首歌红遍大半个中国的年轻人，如今已不再年轻。但是，又一代的年轻人，依然憧憬着外面精彩的世界，即使他们中的大多数并不会唱那首歌。

在离开加格达奇，告别大兴安岭之前，我和同行的朋友专程去了一趟理发店。在大兴安岭的这些日子里，每天马不停蹄，从一个地方到另一个地方，常常是晨光初露时出发，夜色浓重时才停下来，完全抽不出时间来打理形象。明天要回北京了，朋友劝我把自己收拾得整整齐齐。

"从大兴安岭走出的人，不管是当地人，还是客人，都得神采奕奕。别让人以为从深山老林走出的人都窝囊。"朋友笑着说。

　　我们在晚饭前上了街。在宾馆不远的地方，就有一家理发店。店面不大，装修得也很普通，可是收拾得干干净净，让人看了心里舒服。看见我们进来，两个年轻的女孩满面春风迎上来，将我们领到空闲的椅子上坐下，动作麻利地为我们洗头理发。

　　这两个女孩儿年纪顶多十八九岁，个子都挺高，长得说不上有多漂亮，但是眉目端正，又有股子青春朝气洋溢在眉宇间，整个人看起来清爽利落，属于那种很得人缘的长相。两个女孩很开朗活泼，不怕生，一边帮我们洗头理发，一面就和我们聊起了天。

　　她们都不是加格达奇本地人，也不是同乡同学，但两人同年生，一个生日在年头，一个在年尾，几乎相差一岁。所以，两个人情投意合，交情日深。两个人一前一后来到这家理发店，工作差不多一年了。刚开始的时候，完全只能给发型师打下手，比如给客人洗头、帮发型师递工具之类的。她们都很认真，也很本分，谦虚谨慎、勤奋刻苦地学了一年，现在可以独立工作了，但发型师的身份还没有。不过，她俩觉得已经不错了。因为独立工作，就意味着可以用自己的创意、自己的思想，为客人设计发型。对于两个女孩子来说，这一步是一个成功的跨越，一跨出去，就是质的不同了。

　　"人心不能贪得无厌。"年纪稍长的女孩子这样说。

　　她俩是真的喜欢美发这个行当，所以当初才那么坚决地进了美容美发职业队列。为此，他们还和家里闹过不愉快。尤其是年纪稍长一点的那个，性子比较躁，差点没闹到离家出走。因为现在社会上对美容美发这个职业颇有微词，尤其是对从事这个职业的女孩子。这也难怪，一些城市里的美容美发店的确有低三下四的事情，被媒介曝过光。但最后家里人还是妥协了。毕竟就这么一个孩子，孩子也大了，选择什么样的职业，家长不应当说三道四，更没必要横加阻拦。

两个女孩儿都是折腾了好几个月，才被加格达奇这家理发店雇用。两个人都很用心，眼睛尖锐，嘴巴也甜，因此，那些发型师对她俩都很好。不知不觉中，她们学到了一些技术，再加上每天看人理发，耳濡目染的，经验也增长不少。尤其重要的，是两人对美容美发这项工作越来越喜爱，越倾心。年纪稍长的女孩子说："能用自己的创意，自己的双手，把人们打扮得漂亮潇洒，心里有一种幸福感，快乐感。"

"客人都能接受你的创意吗？"我同行的朋友问，"那是在人家头上啊！"

那个女孩子笑了："这就看技术了。发型设计也是一门学问啊。你的技术好，给客人做的发型又美丽又时髦，客人就不会有意见。"

她告诉我们，因为她俩毕竟太年轻，虽然手艺学会了一些，但缺乏经验，店里不把比较大或者难度比较高的活儿给她俩。大部分客人都是熟客，每次来也就找熟悉的发型师做头发。所以她们能够亲自操刀的机会，实在是很少。所以，她们更注意把握机会。

　　她们一席话说得我和朋友失笑。敢情是为了到这儿来送给她们做试验品啊！

　　越聊话题就越多，她们开始向我们打听大兴安岭以外的世界。她们说出生到现在，就是上学，从小学到中学到高中，然后就是找工作，除了去过省城哈尔滨，岭外头的世界是什么样子，还只是从电视和书本上看到过。她们很想知道北京的故宫有多大，长城有多长，上海的东方明珠塔有多高，广州和香港的夜景有多漂亮……她们更想知道，外面的世界现在流行什么样的服装、首饰和发型，外面的大城市里那些优秀的发型师们都在设计什么样的发型，外面有多少像她们一样梦想着成为最顶尖的发型师的少男少女，外面的美发厅会不会雇用像她们这样经验不足的小女孩儿做发型师……她们特别想走出去，到那些繁华现代的大城市去看一看闯一闯，去试着征服试着开拓。可是她们又很犹豫，无法下定决心。她们一直生活在这里，这里有她们的亲戚、朋友，这里有她们的工作和生活。如果离开了这里，这一切还能够保证吗？谁也不能打包票地说她们一定能够在外面的世界获得成功啊！那么为了一个去到外面那个精彩的世界的梦，放弃掉现在已有的工作和生活，到底值不值得？离开亲人，离开朋友，孤身一人在外面的世界里辛苦挣扎，自己能不能承受那样的生活？这些都是她们所担忧的。她们不敢轻易决定，因为她们怕自己会后悔，她们承担不起后悔，那太过于沉重了。

　　年纪稍轻的女孩子说："我们之所以下不了决心外出，是因为加格达奇民风好，人好，在店里工作放心，平时也安全。"

　　不过，她们又笑着说，总是要决定的，就这一两年内，一定要下定决心出去。走出去，才能知道天有多高，地有多宽，海有多深。大不了，还可以再回来嘛！

　　就是，大不了还可以再回来嘛。你们有这大把的青春，那么宝贵的财富，可以供你们去尝试，去选择。有时候，为了追求更高的目标，适当地浪费一些也是没有问题的。你们和我们不一样，你们的未来有更多的可能性，你们应该有更大的空间，有更多的选择，更好的发展。女孩儿，不要胆怯，放宽了心，

大着胆子走出去吧！你身后有着这么宽广的大兴安岭，它就是你们最坚实的后盾，你们还有什么好担心的呢？外面的大千世界真的很精彩，只要你愿意走出去，走进去，那里面总有一盏霓虹，是属于你们的。

外面的世界在期待着你们，青春逼人的女孩儿！

阿木尔的森林

在美丽的大兴安岭旅游，见到最多的是森林，是各种各样的树，四面八方，漫山遍野，看得见的，看不见的，高高低低，大大小小的都是树。每一种树都自有其美丽，每一种树也自有其风骨，每一种树也自有其性格。千人有千面，各自不同，这用在形容大兴安岭的树上，同样恰如其分。

人说大兴安岭就像一颗绿色的宝石，镶嵌在中国的最北部，散发着迷人的光芒。这绿，就来自于树。树绿了大兴安岭的山，绿了大兴安岭的水，让大兴安岭四季生机勃勃。绿色，已经渗透进大兴安岭的每一寸土地里。这一片土地，从根子里就透着绿意。象征着无尽的生命力的绿色，是大兴安岭的灵魂的色彩，是大兴安岭最原始的图腾。即使在冰封雪飘的寒冬，这片土地依然是欣欣向荣、生机盎然。每一个冬季到了大兴安岭的人，都不禁要到林中去看看树，从中寻找到一点生命的启迪。去过大兴安岭，从大兴安岭回来的人，如果说不出大兴安岭树的特色，那就等于没到过大兴安岭。

在大兴安岭，有一个名叫阿木尔的林业局。它位于大兴安岭北坡、漠河境内。阿木尔境内的白卡鲁山海拔 1396.7 米，山顶常年白雪皑皑，极有诱惑力。黑龙江流经阿木尔林区 74 公里，给阿木尔带来了无穷的灵气和生机。因而，阿木尔境内的森林也充满热情，充满活力。在阿木尔林业局境内，我有幸观瞻了三种被誉为是大兴安岭精神的树。我走近它们，了解它们，也更了解了大兴安岭人和他们生息繁衍的美丽土地——大兴安岭。

美丽的白桦

大兴安岭上树有千百种，最美丽、最富诗意的当数白桦树。

从各种文章和歌曲中，我和白桦树是神交已久了。白桦树外形美丽，修长的树干亭亭玉立，引人注目，银白色的树皮，不论是在阳光下，还是在冰雪中，都是那么青春亮丽，温雅动人。它纤长的枝条向上舒展，簇拥成高高的树冠，远远看去，金碧辉煌，分明是一树的黄金，一树的阳光。白桦多叶，叶片呈圆润的卵形。它阔大而柔软的叶片背面泛着浅浅的灰色，正面则是苍黛色。风吹过时，在风中翩翩起舞，映衬着日光，斑驳成深浅不同的光影，别是一番美丽风情。

严冬时，白桦的叶子是早已落尽的了。然而这却全然无损于它颀长而秀丽的丰姿。它粉白透亮的枝干，与莹白的雪色相辉映，在微微的日光下却又隐约泛出一丝粉红来，比起树叶丰茂的春夏两季来，独有一番风韵，格外清新妍丽。有的游客，喜欢冬天的时候到白桦林中去，踩踏着厚厚的积雪，仰望着白桦的身影，呼吸着湿润的空气，心中自有另一种感受。

看上去，白桦树枝干修长，稍有些纤细，似乎无法承受外来压力。但事实上，即使是雨雪交加、狂风大作的时候，白桦的枝干也始终笔挺，从不弯折。它们就这样顽强地驻守在大兴安岭上，与大兴安岭一同迎接每一个日出日落，春去秋来，用它们温和平淡的美丽，装点着大兴安岭的春夏秋冬。

看到白桦，就不由得让我想起在大兴安岭群山中一路行来所见的大兴安岭女子们。她们温柔、坚强，爽朗、率真，毫不张扬却又美丽非凡。她们用看似柔弱的双肩挑起照顾整个家庭的重任，她们用本应细致柔嫩的手脚开辟出属于她们的海阔天空，她们用自己的温柔和爱心温暖滋润着每一个需要关怀和照顾的人。没有她们的大兴安岭是不可以想象的，就像没有春天的四季是不可能的一样。正是有了她们，才使得本来荒芜的大兴安岭有了鲜丽的色彩和温暖的气息，有了可以寻求抚慰的怀抱和可以平复伤痛的微笑。

美丽的白桦树，美丽的大兴安岭女人。

雄性的樟子松

和白桦林一样，樟子松林也是兴安岭上一道独特的风景。极目远眺，无垠的雪原上，到处能见樟子松挺拔的身影。尤其是那成片的樟子松林，仿佛列队的士兵，又像是一道长城。

樟子松树干健壮笔挺，苍劲有力，树皮呈红褐色，近似东北大汉的肤色。油绿的树冠在高空伸展开，亭亭如盖。这是一种生命力很强的常绿乔木，即使是隆冬时节也是翠叶依然。苍翠的松针在白雪映衬下，真是"翠色欲流"。间或微风过处，有积雪自树冠上散落，和着空气中隐约的雾气，以及在日光下莹亮的雪地，使得樟子松林一如童话中的仙境，美不胜收。

如果说白桦是大兴安岭的好女子，那樟子松就是大兴安岭好男儿。狂风卷起满天积雪呼啸而过，或者沙尘滚滚扑面而来，樟子松挺起胸膛，傲然挺立，大义凛然。

樟子松是一种生命力和适应力都非常强的树种，耐寒、耐冻、抗风，能够生长在极为贫瘠的土地上。无论气候严寒，风雪侵袭，只要它们认准了，想好了，它们就一头扎进这片冻土里，突破封冻的土地的阻碍，将根牢牢地扎在这"高寒禁区"上。它们在严寒中英勇出生，在风雪中茁壮成长，就像这片古老土地上生息的东北汉子们，无论前途几多风雨几多波折，从不轻言放弃。他们总是信心十足。他们相信自己。他们坚信只要努力拼搏，就能够收获希望。他们用他们的青春和心血描绘出大

冰雪之旅

兴安岭蓬勃发展、兴旺发达的美好画卷，谱写出生命最为壮美的篇章。

坚强的塔松

其实我更习惯称呼它为雪杉或者云杉。当然，称它为塔松似乎更符合"名副其实"这个成语的要求，不过云杉听起来更加好听一些，于是我一直这样称呼它。

这种树真的很常见。在中国的土地上，从南到北，从东到西，除了沙漠、沼泽、江河湖海以及热带地区以外，随处都能见到它挺拔的身影。

塔松不如樟子松长得高，似乎也不如樟子松健壮雄伟，但是塔松也有樟子松无法企及之处，那就是它的端庄优雅、方正正直。

塔松的树皮是灰色的，淡淡地泛着绿色，温和中庸的色彩，不会过于强烈却也不会显得软弱。在雪中，这样的色彩往往会反光，漾出淡淡的银色来，这就显得更加的优雅平和了，而不会有过于华丽的担心。它的枝条特别的舒展，一层层地铺开，如华盖一般地铺开来的枝叶，在夏天是苍碧色，在冬天，就会变成浅黛色，有些接近雨后山色般的色彩。如华盖般铺开的树冠能够承接厚重的积雪，于是莹白的雪在树冠上堆积，如同绿色的华盖上装饰的白色锦缎，日光照时，柔和地反光。

　　塔松是一种非常美丽的树种。但是仅仅美丽，是不足以使它在各种环境中生存下来的。塔松有它独特的坚忍顽强的气质。不管是风吹雨打，日晒冰冻，它都会顽强地挺直躯干，决不妥协，决不屈服。它美丽的枝条也许会在风中摇摆，可是只要你仔细观察就能够发现，它修长挺拔的树干，是绝对不会随风摇摆弯折的。除非，狂风将它的躯干完全地折断。任你风吹雨打，我自岿然不动，这是塔松慷慨激昂的气魄胸怀。宁为玉碎，不为瓦全，决不向强力折腰，这是塔松高傲清奇的气质和性格。

　　这也是大兴安岭人，是中国人的气质与性格。

　　大兴安岭是一块美丽富饶的土地。美丽富饶的土地自然总会招来心怀不轨者的不怀好意的窥测。清初以至清末，沙俄与日本以及从民国时期开始的日伪满洲国，短短百多年的时间，这片土地上的民众就遭受了无尽的奴役和磨折。然而，无论多么残酷的对待或者奴化教育，生息繁衍在大兴安岭大地上的中国人，都没有屈服没有投降。他们用各种方法表达他们的愤怒，对侵略者的仇恨，他们用尽一切手段去争取独立，争取民族解放。他们将民族自古传承的坚强勇敢，宁折不屈，追求自由的精神发扬到了极致。他们坚持下来了，坚持着得到了最后的胜利。他们骄傲地昂起头，挺起身躯，站在大兴安岭上，伸出手，迎接属于他们的自由与和平。

　　塔松见证了这些，塔松为大兴安岭人自豪，于是，塔松与大兴安岭人的情感日益深厚。

大兴安岭上的树，都习惯于在雪中独傲。它们不喧哗，不邀宠，它们选择了平淡，甘于寂寞，它们在平凡中塑造伟大，在日常中书写人生。

浩浩大兴安岭上，正是这些普通却不普通的树，平凡又不平凡的人，带来了生机，带来了希望，带来了美好的未来。

黄金驿道随想

在大兴安岭调研期间，有几个地名引起了我的浓厚兴趣。

我们去过一个叫十八站的林业局、一个叫二十八站的林场，后来，又经过了一个地名叫十二站的小镇……

早在 20 世纪的 80 年代初期，我还在地方工作时，曾有幸参加过一段时期的地名普查工作。那些有特色的地名，都有一定的来历。村庄、集镇有的以姓氏命名，有的以方位命名，有的以特产命名，有的以当地的名人命名，有的以动物、植物命名，也有的以里程数字命名。可以说形形色色，多彩多姿。如果认真研究起来，每个古老的地名都有一段感人肺腑的故事或者一个悲欢离合的传说。就是"文革"期间产生的红色地名，也是有其历史背景。地名如同国人起名字一样，既讲究含义，又讲究来历。所以，我猜想大兴安岭的这些以数字命名的站，一定有着不平凡的来历。

晚上，我把我的猜想告诉了我大兴安岭的朋友。朋友的回答，证实了我的猜想。他说，这些站都是以古时的里程计算的，也是以里程命名的，比如十二站，就是第十二驿站，十八站就是第十八驿站。

"这些驿站是用来做什么呢？"

"这是一条黄金驿道。"朋友不无自豪地说。

朋友说着，指着黑龙江省地图给我看，在黑龙江省与内蒙古自治区交界的松花江支流嫩江东岸，从大兴安岭深处的漠河，到嫩江县北的墨尔根，一条曲折蜿蜒的线上，排列着一串有序的数字命名的地方，三站、十站、十二站、十八站、二十站、三十站。

古时的大兴安岭，是一片未曾开发的原始森林，人烟稀少，山中只有少数鄂伦春人。鄂伦春人以游猎为生，"一呀一匹猎马，一呀一杆枪，獐狍野鹿满山满岭打也打不尽"就是当年鄂伦春人的写照。因而，山林中也没有道路。到了19世纪后期，鄂伦春猎人偶然在漠河老沟发现了黄金。黄金金光闪闪的魅力吸引了世人的目光，沉默多年的大兴安岭才开始喧嚣起来。贪婪的沙俄商人进入漠河，不仅盗采黄金，而且无恶不作，使中国北疆战火不断，民不聊生。清政府为了边疆的安定，同时开采漠河黄金，委派三品官员李金镛任漠河总办，开办金矿。李率800兵勇，开赴漠河。这800兵勇，大都是朝廷钦犯，而且大都是死囚犯。他们为了能够活下来，不畏高寒，不怕艰难，不顾生死，死心塌地地跟着李总办。李总办和他带领的兵勇们，从驻地墨尔根出发，面前是苍茫的群山、荒凉的林海。他们逢山开路，遇河架桥，日行 30 里，规定每一宿营地为一站。就这样，千里深山老林，有了这样一条道路。可以想象得出李总办和他的兵勇们开辟这条道的艰难困苦。每行一站，都会倒下一批兵勇。每行一站，都以数字序列命名。后来，李总办带着他的兵勇们在漠河开起了金矿，又通过这条道把开采的黄金运送出去。这条道就成了黄金驿道。

　　黄金驿道上的一个个驿站，只有一两个或者三五个守驿站的人。但毕竟有了人间烟火。那些目光敏锐、头脑灵活的商人们，从驿站的烟火中，认准这一个个驿站就像嵌在大兴安岭林中的一块块吸铁石，会焕发出强大的磁力，吸引人们前来。于是，有的商人开始到驿站开办商业。开始时，那些商业项目很单纯或者说很单一，如围绕着为驿站服务开办的小旅店、粮草店等。渐渐地，人越来越多，店越来越杂，驿站形成了商镇。不过，人们叫站已成习惯，所以一直称站。现在，这些站有的是县城，有的是乡镇，有的是林业局所在地，是一片林区或者说一片行政区的经济、政治、文化中心。

　　自从驿站成为人群聚集的地方，故事也就多起来。这些故事大多和英雄、强盗、妓女，与抢劫、凶杀、爱情相关。有的气壮山河，有的悲痛欲绝，有的令人扼腕。可以毫不夸张地说，一条黄金驿道，就是一本厚重的史书，就是一本生活的辞典，就是一本人性的画册。

　　黄金驿道给了我很多联想。

　　有了黄金，荒芜的大兴安岭才有了驿站；有了驿站，冰天雪地才有了人间烟火；有了商业，驿站才变成了人群聚集的地方。然而，为什么有了人群的地方就有了战争硝烟，就有了人间悲剧，就有了千古遗恨呢？

　　这个问题不应当成为我们后人的一个沉重的谜。

翠岗红旗今何在

20世纪70年代，辽宁美术出版社曾经出版发行过一套名为《翠岗红旗》的工笔重彩组画。这组画在当年参加过那场轰轰烈烈的"上山下乡"运动的知识青年中，有着相当的名气。他们中的大多数人，都看过这组表现被下放到大兴安岭林区的女知青们，在冰天雪地中战天斗地的英雄事迹的组画。

画卷中的是一群风华正茂的城市姑娘。她们青春苗条的身躯被下乡前颁发的肥大臃肿的仿军用棉衣裤包裹得严严实实，虽然多了一份威武，却看不到女性应有的曲线。在劲刮的北风中，这些姑娘们逆风而站，肩挑身扛各种伐木工具，在原始森林采伐作业区做出各种豪迈的劳动姿态。她们的这些劳作姿态通过各种角度的描画，凝固在长长的画卷上。虽然因为那个年代文艺作品中普遍存在的"高、大、全"的创作模式使得画面构图显得单一且流于浅薄，但从画面上那些稚嫩的脸庞、飞扬的神采不难联想当年这批从上海、浙江等地的大城市来的姑娘们在林海雪原中抗风斗雪，奋勇劳作的壮阔景象。

那个年代，在大兴安岭的土地上，活跃着数万知识青年的身影。据史料记载，从 1969 年到 1972 年，短短几年中，数万知识青年随着日益高涨的"上山下乡"热潮，怀着澎湃的爱国热情，像潮水一般从北京、天津、上海、浙江等地源源不断地涌入这片从 1964 年才开始开发建设的原始森林。

那是一个洋溢着激情和热血的年代，那是一段高喊着政治口号伴着不断运动的岁月。在那个"红色"时代，树立先进、榜样、标兵，被看作是一种最有效的管理方法和激励措施。在大兴安岭这片原始而严酷的土地上，在那一批怀着激情和冲动从大城市远道而来的年轻人中，树立几个先进标兵连队，更是有着非常现实的必要和深远的意义。就是在这样的目的下，大兴安岭出现了后来被全国知识青年们所知晓甚至所崇拜的英雄标兵连"大兴安岭女子架桥连"和"大兴安岭女子采伐连"。

之所以是"女子连"这种特殊的编制模式，一是处于当时特殊的备战需要，二是为了方便管理。于是，"女子架桥连"在大乌苏，"女子采伐连"在翠岗，先后轰轰烈烈地组建起来了。苍茫的大兴安岭上空，鲜艳的红旗在风雪中猎猎招展。

当时，女子采伐连的主要生产流程是"采、集、运"。为了帮助这些从大城市来的姑娘们学会采伐林木，每个班组专门配备了一定数量的男性职工,在生产过程中对姑娘们进行"传、帮、带"。由于"女子采伐连"先进标兵连队的特殊地位,对她们的管理也是特别的严格。就连抽调到采伐连的男性技术工人都是经过了严格筛选的政治过硬的老工人。当时的连队经常组织知识青年们"忆苦思甜",听苦大仇深的老工人们讲述过去的苦难,接受工人阶级的再教育。知青们跟着老工人赤脚在雪地中穿行,有个别人因此留下了终身的残疾。

女子采伐连是采用民兵连建制,因而,采伐连的姑娘们每天除了要在茫茫林海中进行长时间高强度的采伐工作,还要出早操,进行军事训练和军事演习。

当地的老人们说,至今耳畔还常常响起那些姑娘铿锵有力的脚步声,整齐响亮的口号声——"提高警惕,保卫祖国……"

由于姑娘们热情高涨,不怕艰苦,工作积极,成绩也很突出,女子采伐连很快在全国范围内享有了比较高的声誉。从1973年起,地方政府开始有目的地组织文化工作组到她们的工作现场收集创作素材,以她们的先进事迹为范本创作一套组画。这就是上文中提到的《翠岗红旗》套画。这组画一经推出,翠岗红旗的英雄事迹更是广为流传,受人称道,甚至在国际上都创出了一定的"知名度"。

受此激励,采伐连的姑娘们的政治热情更是空前高涨。纷纷用各种方式表示过自己扎根大兴安岭,将采伐工作进行到底的决心。诸如"要当永久牌的扎根派,不当飞鸽牌的动摇派"

之类的口号，醒目地张贴在大兴安岭的各处，悠悠回荡于大兴安岭蜿蜒起伏的巍巍群山上空，甚至还有部分女兵咬破手指，用血写下壮烈的"军令状"。

当时的翠岗，确实是一片红旗漫山岗，处处先进处处歌的地方，是一片洋溢着激情、冲动、青春和热血的热土。

1974年的一天，英国史学家马克斯韦尔先生，在杨勇上将陪同下造访位于大兴安岭新林区翠岗林场的女子采伐连。在参观完林场设施，看过她们的工作情况，询问了解了女子采伐连的建制和兵源等情况后，马克斯韦尔先生意味深长地笑了。他特意用英语虚拟语气对当时陪同他参观的地区领导和时任女子

采伐连连长的上海知青张芬芳说了这样一句话："如果女子采伐连十年后还存在，我将把我的女儿送到这里来锻炼。"当年的人们如何看待他的这一评论，我们不得而知。但今天的我们可以想见的是，特意采用了虚拟语气的马克斯韦尔先生，对女子采伐连存续可能性的怀疑，是显而易见的。

似乎是验证了这位学者的先见之明。1978 年，在马克斯韦尔先生做出上述论断不过 4 年后，当知识青年返城风就像当年的"上山下乡"风潮一样如火如荼地席卷了神州大地时，采伐连几乎所有的姑娘都收拾起自己的行装，毫不留恋地离开了这片她们为之奋斗了多年的蛮荒土地，返回自己的家乡。她们那些气壮山河的口号声似乎还在大兴安岭上空回荡了一些日子，最后也终于都随风消散了。

女子采伐连就这样消失，不复存在了。唯一可以证明它曾经存在过的，就只有当年那套《翠岗红旗》的组画了。或者，还有那些从女子采伐连走上各地领导岗位的女子，她们还记得当年名扬四海、轰轰烈烈的采伐姑娘们，还记得她们当年的生活？

是的，她们毁约了，她们背弃了自己的誓言。可是，谁又能责备她们呢？

我们有理由相信，在她们挥别父母亲人，踏进开往大兴安岭的火车的车厢，踏上她们遥远的征程的时候，她们的激动和热情，是真实的；当她们在冰天雪地里奋力工作，挥汗如雨甚至流血流泪的时候，她们的追求和抱负，是真切的；在她们立下誓言，为自己的将来制订计划和蓝图的当刻，她们也是认真和严肃的；当她们离开大兴安岭，离开她们的翠岗红旗英雄战地的时候，她们对回到城市开始新生活的迫切向往，也是发自内心的。

没有人责备她们的毁约。只有她们在回首那段难言岁月时，心中会给自己青春似火的岁月下一个判断。

作为曾经也是上山下乡知青一员的我，可以毫不夸张地说，她们对那段岁月一定会保留着一份温暖，一份激情，一份自豪。毕竟《翠岗红旗》上有她们骄傲的身影。

林中的小木屋

  在大兴安岭林海中旅行，不时可以看到一座座造型独特、风格别致的小木屋。那些小木屋，都建在林海深处，屋的结构是木质的，但房顶涂的是红油漆，墙壁涂的是绿油漆。红绿相衬，成了林海之中一道光彩夺目的风景。小木屋的顶端，都耸立着细细的烟囱，冒着淡蓝淡蓝的烟。一开始，我以为那些小木屋是供游人小憩的地方，一问方知，那是守林人之家，住的是些守林人。

  大兴安岭的朋友告诉我，在大兴安岭的千里林海中，这样的小木屋有好多个。守林人有年轻力壮的汉子，也有老职工。他们更多的是夫妻。

  可以想象，在林海雪原中的守林人的生活是多么单调而清苦。他们远离城镇，远离人群，远离繁华。夫妻守林人的子女在林场，或者城里读书、工作，有时候一两个月才能到城里去看一回子女。大多数守林人，没有电话，林场也没有通电，守林人和家里人的联系几乎隔绝。大雪封山的时候，有时会很多天都吃不上新鲜蔬菜。

大兴安岭的冬季寒冷而又漫长，一年里有六七个月近200天。东北人"猫冬"，说的就是在冬季里像猫一样躲在家里，这些守林人每次"猫冬"一"猫"就是六七个月，只能在小木屋子里看林、看雪。外出的时候就是在自己负责的林区走一走，看一看有没有偷盗木材的。林是一年四季都在变化的，春去秋来，树叶绿了又枯了，窗外的景色不断变幻，不变的是这些守林人，常年伴随在他们身边的也许就只有一条狗、一只猫，还有一台收音机。

这种单调的生活想想就让人觉得乏味，但是，很多守林人却在这里一守就是几年。他们是这样默默无闻，单调而又乏味地度过每一天。在外人看来，这种生活是难以忍受的，不过林区的守林人却并不这样看。

这些守林人对森林有着特别的情感，他们爱森林、护森林，正因为有他们这些守林人的存在，大兴安岭的大片森林才得到了很好的保护，他们是在为我们所有的人守护森林，守护地球上这一至关重要的绿色宝藏。他们守护的是我们所有人的幸福，也是我们子孙后代的幸福。可以毫不夸张地说，这些小木屋就是大兴安岭的灵魂。

尽管没有人盯着他们，但是守林人有守林人的制度。每天，守林人会按时从小木屋里走出来，一遍一遍地巡视自己守护的这片林子。仔细检查有没有森林病虫害，有没有火灾隐患，检查有没有盗采盗伐的不法分子。随着高科技在森林防护方面的应用，现在，守林人在家里也可以通过相关的设备来监控整个林区，不过尽管如此，细致的守林人还是会仔细检查林区的每一个角落。通常，他们还负有培育森林后续资源的责任，在自己负责的林区里种树。这些人是新时代的"山神"，默默地守护着一方水土，尽管很少有出人头地的机会，但是却都能无怨无悔。

守林人的家大多是简陋得不能再简陋了，小小的木屋子里有一个土炕，一些必备的用具，墙上挂着各种各样的干鱼片和猎物，这一切构成了守林人的全部生活。尽管简陋得不能再简陋了，但是守林人还是能把自己的生活过得丰富多彩。

这里大多数的守林人原来有的是伐木工人，有的是机关干部。1987 年大兴安岭爆发了一场特大的火灾，烧毁了大片的森林，大兴安岭林区也从此陷入了资源危机和经济危机的双重困顿。到 20 世纪 90 年代初期，这种现象愈来愈严重，林区政府做出了"避危兴林"的决定，将保护资源、培育资源、恢复资源作为林区一项重要的工作任务。一批林区职工转职成为守林人，伐木者成了看林人和种树大王。据大兴安岭的朋友介绍，林区有几千个这样的家庭，把家搬到了林海中。

从一种职业转为另一种职业，这些林区职工的心态也在转变，由于长期生活在森林之中，他们更懂得关爱森林。目睹了一场又一场的森林大火，也目睹了森林病虫害对森林的破坏，这些原来的伐木工人、机关干部对森林火灾、森林病虫害有着非常深刻的认识,正因为此,这些守林人的工作都做得一丝不苟。尽管与那些救火英雄、生产标兵比起来他们没有那么风光，但他们无怨无悔。他们中有的因为与盗伐者斗争，而倒在盗伐者的斧下，鲜血渗透了树根。于是，那树长得更加坚强，更加茁壮，更加朝气蓬勃。

令人惊奇的是，这里所有的守林人心态都非常的平和，这是一群淡漠功名利禄的人，也是一群真正热爱大自然的人。他们的思想和作风让我们这些山外的人无比汗颜。每天，他们与森林对话，森林不语，但是浩瀚的林海却锻炼了他们宽广的胸怀。与自然无距离的接触也使得这些人成了真正的环保主义的实践者，他们关爱森林，他们的生命已经与森林紧密相连，哪一天看不见森林，他们会感到浑身不舒服。他们的职业是平凡而又高尚的。

这也是一群真正的在享受生活的人。尽管对他们来说，没有丰富的物质条件，但是他们却善于利用已有的一切，因为对生命的热爱，他们在一草一木之中都能找到自己的乐趣，这种乐趣在林区的每一个细微的变化中都有所体现。每天，他们享受这里的阳光，享受这里清新的空气，享受这里漫长的冬季和茫茫雪原。他们也有许多美好的回忆，他们经常带着自己的狗在林区漫步，寻找自己昨天留下的足迹，也寻找那些曾经与他们一起投身到这里热火朝天地建设事业的同志的足迹。他们非常容易满足，一个突然的小发现，钓上了一条鱼，或者与狗嬉戏一阵都能让他们快乐半天。

想起那些住在城市里的人，天天围着琳琅满目的商品转，还是很难找到满足感，又有几个人能够像这山里的守林人一样过得这么真实，这么幸福呢？如果你能到深山老林中，和这些守林人过上一两天，你对生活、对生命一定会有新的认识。

嘎仙洞

　　说起大兴安岭的历史，不能不提到嘎仙洞，就像说到北京的历史不能不提周口店。

　　嘎仙洞位于大兴安岭的加格达奇西北约 40 公里的嘎仙高格德山上。嘎仙高格德山巍峨高大，山势险峻，而嘎仙洞就位于半山腰上，洞口古木森森，寒气逼人，常年氤氲着一股茫茫白雾，使古洞显得异常神秘。嘎仙洞的洞口略呈三角形，高 12 米，宽 19 米，仿佛一扇宽广的大门，洞的纵深约 120 米，顶高 20 多米，内径宽 20 多米，气势雄伟，曲径幽邃，整个洞内总面积约 2000 多平方米，可以同时容纳几千人。

　　中国古老的石洞很多，大名鼎鼎的也数不胜数。几乎每一个石洞都有一个或多个惊心动魄的故事，让后人感觉石洞里埋藏着厚重的历史。但是，有故事的古老石洞，常常有人工痕迹，尤其是那些墓穴。相比起来，嘎仙洞则纯粹是一个天然的石洞。据大兴安岭的朋友介绍，由于大兴安岭的山山岭岭上石洞很多，嘎仙洞过去多年是藏在深山无人知。至于它的历史，以及它在大兴安岭的历史上的地位也没有被发现。这也难怪，拥有5000多年丰厚历史和灿烂文化的华夏古国，到底还有多少没被发现和挖掘的宝贵财富，恐怕谁也难以说清。

不过，深知任重而道远的中国考古工作者，一直在孜孜不倦、任劳任怨地探索着、寻找着。时间到了20世纪的80年代，有人在嘎仙高格德山上发现了一个神秘的天然洞穴，因为这个洞穴位于嘎仙高格德山的山腰上，所以被称为嘎仙洞。开始，人们只是把这个嘎仙洞作为一个景点，常常有人前去参观或者游览。嘎仙洞的雄奇气势、嘎仙洞的天然景色，都让参观者惊叹不已。内蒙古自治区呼伦贝尔盟文物管理站站长、副研究员米文平得知这一信息后，凭借着多年的经验，隐约感觉到，嘎仙洞可能与大兴安岭早期鲜卑先民们的"旧墟石室"有关。于是，他和几位考古工作者满怀希望，登上嘎仙高格德山，走进嘎仙洞去考察。在嘎仙洞里，他和同伴们发现，这个古老的石洞与《魏书》中所描述的"石室"极为相似。但是，考古是一门科学，科学不能凭借想象和猜测。因为在洞中没有找到《魏书》中记载的石刻祝文来证明，因而米文平和他的同事带着遗憾离开了。

米文平是一个有追求而且很敬业的考古工作者。他并没有因一次考察失利而失去信心。他又研究了大量的资料，进一步

夯实了基础。1980 年 7 月 30 日，米文平又一次来到嘎仙洞考察。当天下午，太阳西下的时候，一缕阳光照进洞里，照耀得石壁闪闪发光。奇迹在这个时候出现了。米文平和他的同伴在西侧距洞口 15 米的花岗岩石壁上，发现了一片很像汉字的刻词，这些刻词汉字体势介乎隶楷之间，隶意犹重，古朴苍然，清晰可辨，共 19 行，每行 12 至 16 字不等，字大小不一，长约 3 至 6 厘米。全文 201 字。米文平和他的同伴仔细辨认，越来越觉得这些字就是《魏书》所载的石刻祝文。他们将这些字用拓片印下来，经查阅《魏书》，进一步研究后，确认这些石刻汉字就是北魏李敞所篆刻的"石刻祝文"。

这些隐藏在斑驳石室里的苍苔之下的石刻碑文在经历了 1500 多个寒暑之后，又一次重现人世。米文平的发现轰动了世界，一时之间，各地的学者蜂拥而至，到这里来一睹嘎仙洞的风采，感受北魏时期的历史见证，嘎仙洞也因此而闻名于世。

一段尘封的历史从石洞里走出。

一页崭新的历史从石洞里打开。

嘎仙洞中发现的《魏书》石刻证明，早在 2000 多年前，这里曾是鲜卑先民们聚众议事的地方。

鲜卑族，是一个世居大兴安岭的北方民族，长期以来，一直生活在大兴安岭的深山老林里及森林的边缘地区。因此，古代的大兴安岭又被称为大鲜卑山。那个时候的大兴安岭是一个日光充沛、温暖湿润，自然环境和气候条件都非常优越，各种生物在这里繁衍生息，是人类理想的栖息地。最开始的时候，这里居住的是我国北方最早的几个重要民族之一的东胡族，也就是鲜卑人的始祖。东胡人以深山老林为家，靠牧马狩猎为生。世代的东胡人，都具有较高的骑射水平。长期的山林生活练就了他们骁勇善战的族性，东胡人经常骑在骏马之上，到处奔驰征战，侵犯其他部族，掳掠人兽财物，攻取别的民族的居住地，称雄于北方大地。

后来，由于自然界的变化，气候突然变冷，冬长夏短，寒冷期长，生存条件也因此而恶劣起来。昔日水草丰美、土地肥沃的大兴安岭成了苦寒之地。东胡人把目光转向了塞内。他们由于过去多年屡屡与中原人交往，领略了中原文明的发达和中原农业经济与青铜经济的先进，因而大胆地引进了中原人的青铜技术，用来发展军事和经济，迅速崛起。之后，自以为强大的东胡人屡次侵犯中原北部地区，燕赵等国屡战屡败，致使东胡几乎占领了今天的整个东北地区和华北的部分地区，势力非常庞大。

此后，燕赵等国开始仿效东胡族，尤其是赵武灵王，果断地进行了"胡服骑射"的改革，赵国的力量日益增大。燕国也仿效赵国，两国的军事力量迅速扩大。在两国的反击下，东胡人大规模败退。后来，在秦军的进攻下，东胡人更是一溃千里，北遁到黑龙江以北，一部分东胡人仍然留在故地大兴安岭，这些人就是鲜卑先民。

　　鲜卑先民在大兴安岭休养生息，在林海雪原中风餐露宿，日子过得十分艰苦。但是，鲜卑人强悍的民族习性并没有因为战争的失败而稍有改变。大山林用其博大的山脉养就了鲜卑人胸怀天下的气魄。千里林海雪原之中，鲜卑先民在与猛兽斗争的过程中，练就了英勇不屈的精神、健康雄壮的躯体。茫茫山林之中，鲜卑男儿神勇的身影时隐时现，高亢的呼啸惊天动地。嘎仙洞就是鲜卑的英雄豪杰们聚众议事的地方。说到底，这里是古代鲜卑族的政治中心。鲜卑先民以简单朴实的部族的形式聚集了数以万计的山民，牢牢地团结在嘎仙洞这一天赐宝地的周围。到拓跋氏成为鲜卑部落首领的时候，鲜卑的经济实力和军事实力迅速壮大，后来建立了代国。拓跋氏广揽人才，不断改革，强悍的鲜卑人举族南迁，四处征战，渐渐控制了北中国的大部分地区，建立了北魏王朝。在中国的历史上扮演了一个重要的角色。

　　北魏期间，之前十六国时代的混乱局面得以终结，北中国的文化、经济和社会都得到了恢复、发展，北方民族与汉族迅速交融在一起，互相吸取对方的先进经验，为中华文明的发展做出了重要的贡献。

　　尤其北魏太武帝拓跋焘为了宣扬祖先的丰功伟绩，曾经于太平真君四年（443年），派遣中书侍郎李敞专程从洛阳出发，千里迢迢到嘎仙洞来祭祀祖先，"刊祝文于室之壁"，那时，嘎仙洞被鲜卑人称为"旧墟石室"。这一事件收入记载着北魏历史的《魏书》，但是由于时代变迁，山脉的名称也在改变，人们已经无法再找到史书中记载的"大鲜卑山"和"旧墟石室"了。这段历史也因此蒙上了神秘的色彩。米文平的发现，不仅拨开了缠绕着嘎仙洞的厚重的历史面纱，也把大兴安岭的历史打开了新的一页。

　　加格达奇当地的朋友向我讲述了嘎仙洞的历史，并不无遗憾地说："你这次行程匆忙，不能去看嘎仙洞了。"

　　我默然。尽管我已对掩映在苍山古木之中的嘎仙洞充满了向往之情，尽管高格德山的嘎仙洞近在咫尺，我也的确没缘一游。不过，这个与大兴安岭的历史有着不可分离关系的山洞，以及关于它的种种或美丽或悲壮或感人的传说，却深深地留在我的记忆中。这样也许更好。它就像在我心中种下了一棵向往之树。

　　人是应当有所保留，有所向往的。

北极光

　　大兴安岭的朋友告诉我，夏天的时候到漠河，很有可能看到北极光。一年一度的北极光出现的日子，已成为漠河乃至大兴安岭地区的一个旅游品牌。

　　漠河位于中国的最北端，北纬 53 度半的高纬度地带。每年夏季，漠河都会出现极为罕见的"白夜"和"北极光"奇景。

　　极光是一种发生在地球极地的罕见自然现象，是太阳风与地球磁场相互作用的结果。太阳风是太阳射出的带电粒子，当它吹到地球上空时，会受到地球磁场的作用。地球磁场形如"漏斗"，尖端对着地球的南北两个磁极，因此，太阳发出的带电粒子沿着地磁场的这个"漏斗"沉降，进入地球的两极地区。两极的高层大气受到太阳风的袭击后会发出光芒，从而形成极光。在北半球出现的叫北极光，南半球出现的叫南极光。北极光出现的时候，红、蓝、绿、青、紫相间的光线布满天空，五彩缤纷，格外绚丽。据说，到漠河来观看北极光的中外游客逐年增多，人如潮水，连农民家庭都住满了外地的客人。

朋友给我形容说，每次北极光出现的那个时候，整个漠河在骚动，整个大兴安岭都在骚动。尤其在漠河北极村，伴着北极光的出现，人们因兴奋而发出的各种尖叫声、欢呼声不绝于耳，久久回荡。凡是目睹过北极光的人，都为看到北极光而激动不已，一辈子也忘不了那绚丽的北极光和沸腾的场景。

一种罕见的自然现象往往酝酿出一种独特的文化。比如黄河的激流、钱塘江的潮水、江南的梅雨、三峡的风光，千百年来，它们壮观、迷人的景致让无数人惊叹不已。人们在欣赏、赞叹之余，情不自禁地留下了许多伟大的艺术作品。这些作品广为流传，又让这些罕见的自然景观为更多的人所了解和向往，经一代又一代的传播和宣扬，积淀和形成了一种独特的文化。一个地方因为有了富有特色的文化，会使得它的历史显得厚重深远，会使它的人民显得无比骄傲，也会使它的脚步显得从容坚定。

壮观而美丽的北极光是大兴安岭的一个极为重要的文化。它就像一面旗帜一样，高扬在我们伟大祖国的北极。大兴安岭的朋友告诉我，璀璨的北极光就像一把钥匙，打开了大兴安岭旅游文化的大门。我想这句话一点儿也不夸张。这些年，许多游客为了能够看一眼北极光而来到大兴安岭，到了大兴安岭，他们又发现除了北极光，大兴安岭还有许多在其他地方看不到的、让人流连忘返的自然景观：被誉为北国小三峡的黑龙江源头，风景壮丽如画，两岸陡峭雄奇；以英雄豪气著称的大界江，江面波澜壮阔，荡漾着英雄豪气；有"山神"之称的鄂伦春族风情园，篝火熊熊燃烧，神秘而又古朴。鄂伦春族是中国最后的一个渔猎民族。新中国成立前，鄂伦春族人住在大兴安岭的深山老林里，晚上或者住在洞里，或者住在帐篷里，或者露天住宿，靠篝火取暖；白天就到处捕鱼打猎。这个民族的许多东西，包括他的宗教萨满教都充满了神奇的魅力。过去，鄂伦春族人运送物资主要依靠马驮子和用大兴安岭的白桦树皮制作成的桦皮船，今天，这些桦皮船成了人们到此体验漂流生活的一种旅游工具。在加格达奇不远的嘎仙高格德山，还有鲜卑族先民议事的天然石洞——嘎仙洞，洞外古木参天，雾气缭绕，洞内宽广高大，气势恢宏。在塔河、十八站等地，还可以看到旧石器时代遗址、新石器时代的一些遗物，让人收获颇丰。随着生态林区建设步伐加快，一些新的、具有大兴安岭特色的产业兴旺发达。这些新的产业，往往因其特色，又成为新的旅游景观。图强林业局的高寒地区珍稀皮毛动物养殖场内，各种皮毛动物活泼可爱，即使在冬天里也令人折腰；韩家园林业局的松涛鹿苑，松涛阵阵，群鹿争宠。大兴安岭一望无际的千里林海，也是当今最时髦、最吸引人的生态游、消夏游的好去处，并成为重要景点；而一年之中长达 5 个月的大冰雪，更让人叹为观止。这些，也可以说是北极光文化的重要组成部分。

随着大兴安岭旅游开发，越来越受到了人们的重视。这些年的夏季，国内外的游客纷纷前往大兴安岭的漠河，一睹这种神奇的自然景观。其中不少文学艺术家还为"北极光"留下了脍炙人口的艺术作品。大兴安岭地方政府抓住机遇，与时俱进，每年都要举办"北极光节"，以北极光文化广交四海朋友，吸引国内外客商。北极光已成了大兴安岭旅游的一个品牌，也成为大兴安岭沟通四面八方的一道彩虹。

与大自然的北极光现象相比，大兴安岭地区文联主办的《北极光》杂志，也同样是大兴安岭文化的一个品牌。这本纯文学性的杂志，根植于大兴安岭，放眼于五洲四海，以其鲜明的个性、独有的特色，在全国文学界口碑极佳。新华出版社出版的《迈向新世纪的黑龙江新闻出版业》一书中，这样评价《北极光》："《北极光》独守着一片山林，在高高的兴安岭上，关注改革大潮中人的深层裂变，关注别具特色的少数民族生活，更关注愈来愈近的充满松脂香味的'天然林保护工程'，在自然生态平衡的同时，又保持文学生态的平衡。呵护精神的家园，是《北极光》的刊品、刊格，也是《北极光》人永远的理想和追求。"

我在加格达奇调研时，有幸和《北极光》的两位负责人一谈。他们告诉我，《北极光》杂志已经办得颇具规模，团结了一群作者，尤其是一些与大兴安岭林区有着深厚感情的作者，形成了一支在省内外、国内外有影响的作者队伍。《北极光》上发表各种诗歌、散文、小说作品，多次被国内外有影响的报刊转载。这些体裁多样的作品，充分反映了大兴安岭的文化特色，为大兴安岭积淀了一笔丰富的无形资产。人们在《北极光》上，可以看到大兴安岭满山的红杜鹃、冰封的大界江、以及鄂伦春族、鄂温克族、达斡尔族的风情人物和大兴安岭的自然景观、人文历史，可以听见大兴安岭松涛的呼吸声，大兴安岭前进的脚步声，以及大兴安岭人民的笑声。

"现在纯文学刊物办得都比较艰难，你们没有过其他打算？"我问。

他俩笑了笑，回答得很干脆，也很让人感动："尽管纯文学期刊很贫困，但《北极光》仍要千方百计去温饱作者。"

我对他们肃然起敬。

自然界的北极光，给人的是一闪即逝的刺激和欢快，给人的是一抹难以忘怀的色彩和印象，而文学界的《北极光》，给人的是用之不竭的源泉和力量，给人的是坚定不移的追求和方向。我从内心祝愿《北极光》永远照耀在高高的大兴安岭上。

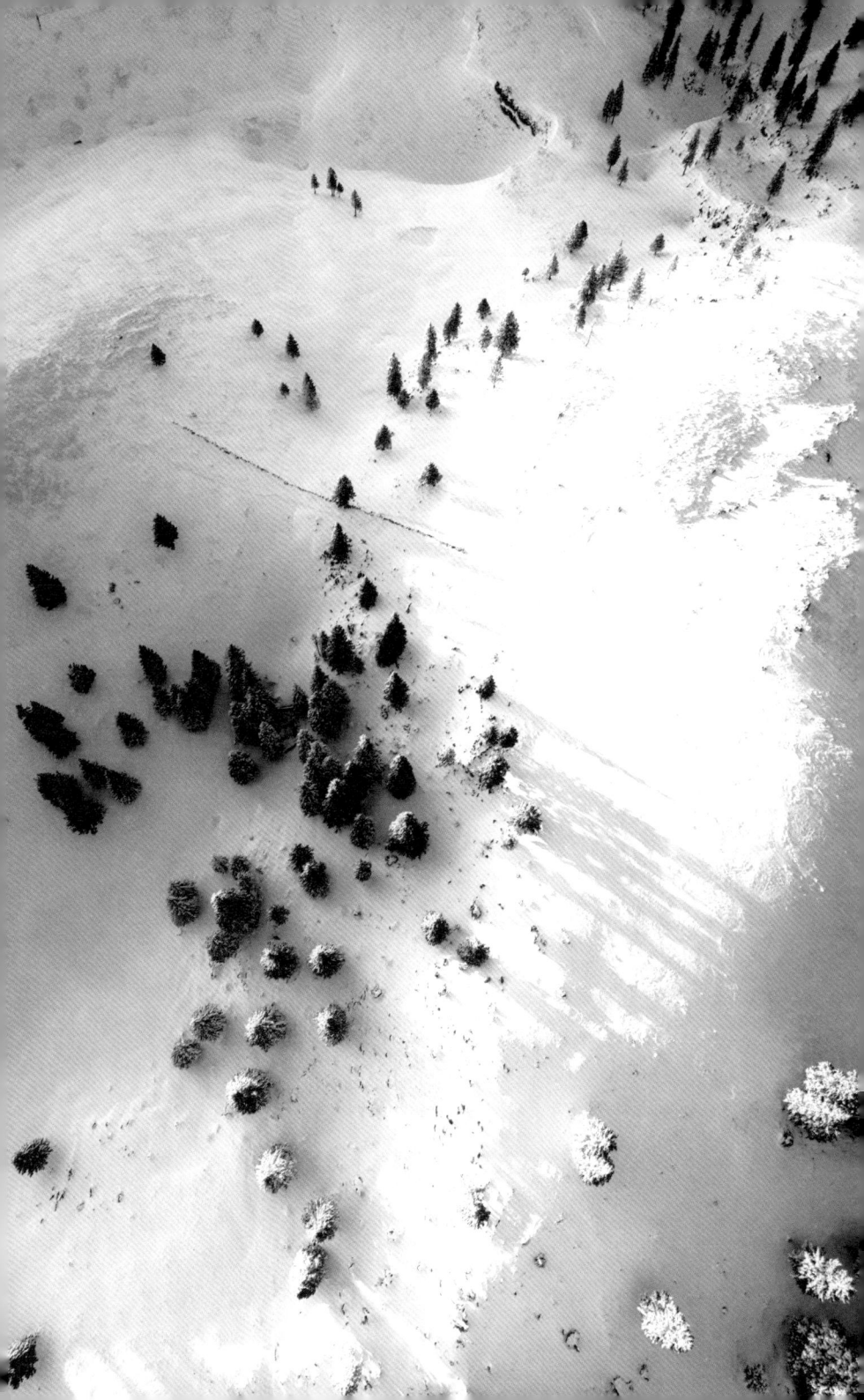

王昕朋主要作品目录

长篇小说

《红月亮》	1992 年中国文联出版社
《天下苍生》（合著）	2006 年作家出版社
《天理难容》	2002 年中国广播电视出版社
《团支部书记》	2008 年中国画报出版社
《漂二代》	2012 年人民文学出版社
《花开岁月》	2016 年中国言实出版社
《非常囚徒》	2016 年中国言实出版社
《文工团员》	2018 年《中国作家》杂志
《无官在身》	2017 年《大风》杂志

中短篇小说集

《是非人生》	1991 年陕西人民出版社
《姑娘那年十八岁》	1992 年百花文艺出版社
《红宝石》	2016 年中国言实出版社
《金骏马》	2016 年中国言实出版社

《风水宝地》	2016 年中国言实出版社
《北京户口》	2016 年中国言实出版社
《消逝的绿洲》	2016 年中国言实出版社

散文集

《冰雪之旅》	2003 年作家出版社
《我们新三届》	2004 年作家出版社
《宁夏景象》	2008 年中国画报出版社
《金色莱茵》	2008 年中国画报出版社
《会唱歌的沙漠》	2016 年中国言实出版社

长篇报告文学

| 《雄性的太阳》 | 1992 年红旗出版社 |
| 《雄壮地崛起》 | 1993 年红旗出版社 |

电视连续剧

《绿水青山红日子》（45 集），已拍摄完成

外文版

　　《漂二代》（英文）2013 年由美国全球按需出版集团公司在美国纽约出版

　　在《人民日报》《光明日报》《工人日报》《农民日报》《文艺报》《人民文学》《小说月报原创版》《小说月报大字版》《十月》《北京文学》《作品》《芙蓉》《清明》《特区文学》《莽原》《红豆》等报刊发表中短篇小说、散文、诗歌百余篇，多次被《小说选刊》《小说月报》《北京文学·中篇小说月报》《中华文学选刊》《新华文摘》等刊物选载。